니콜로 장편소설

FUSION FANTASTIC STORY

마왕의 게임

마왕의 게임 22

니콜로 장편소설

초판 1쇄 찍은 날 § 2017년 6월 27일
초판 1쇄 펴낸 날 § 2017년 7월 4일

지은이 § 니콜로
펴낸이 § 서경석

편집책임 § 김경민

펴낸곳 § 도서출판 청어람
등록번호 § 제387-1999-000006호
등록일자 § 1999. 5. 31
어람번호 § 제1-2725호

주소 § 경기도 부천시 부일로 483번길 40 서경B/D 3F (우) 14640
전화 § 032-656-4452 팩스 § 032-656-4453
http://www.chungeoram.com
Email § chungeorambook@daum.net

ISBN 979-11-04-91385-3 04810
ISBN 979-11-04-90396-0 (세트)

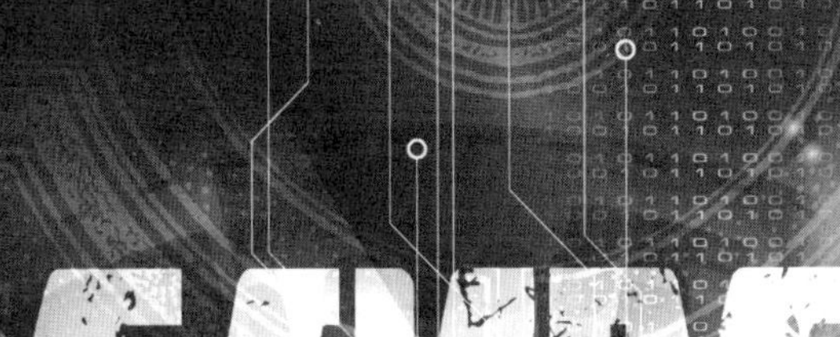

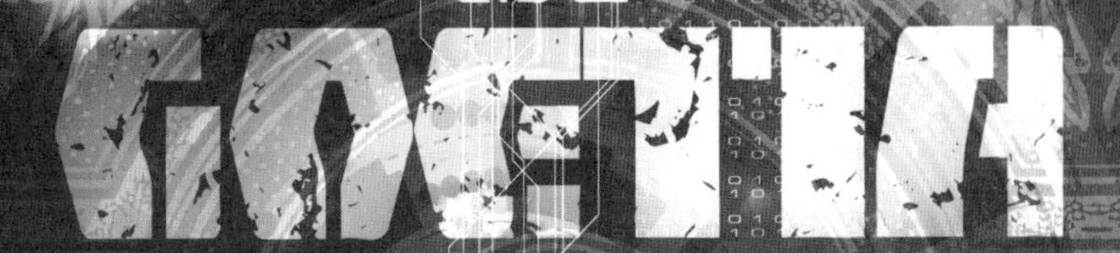

22

니콜로 장편소설

FUSION FANTASTIC STORY

마왕의 게임

도서출판 청어람

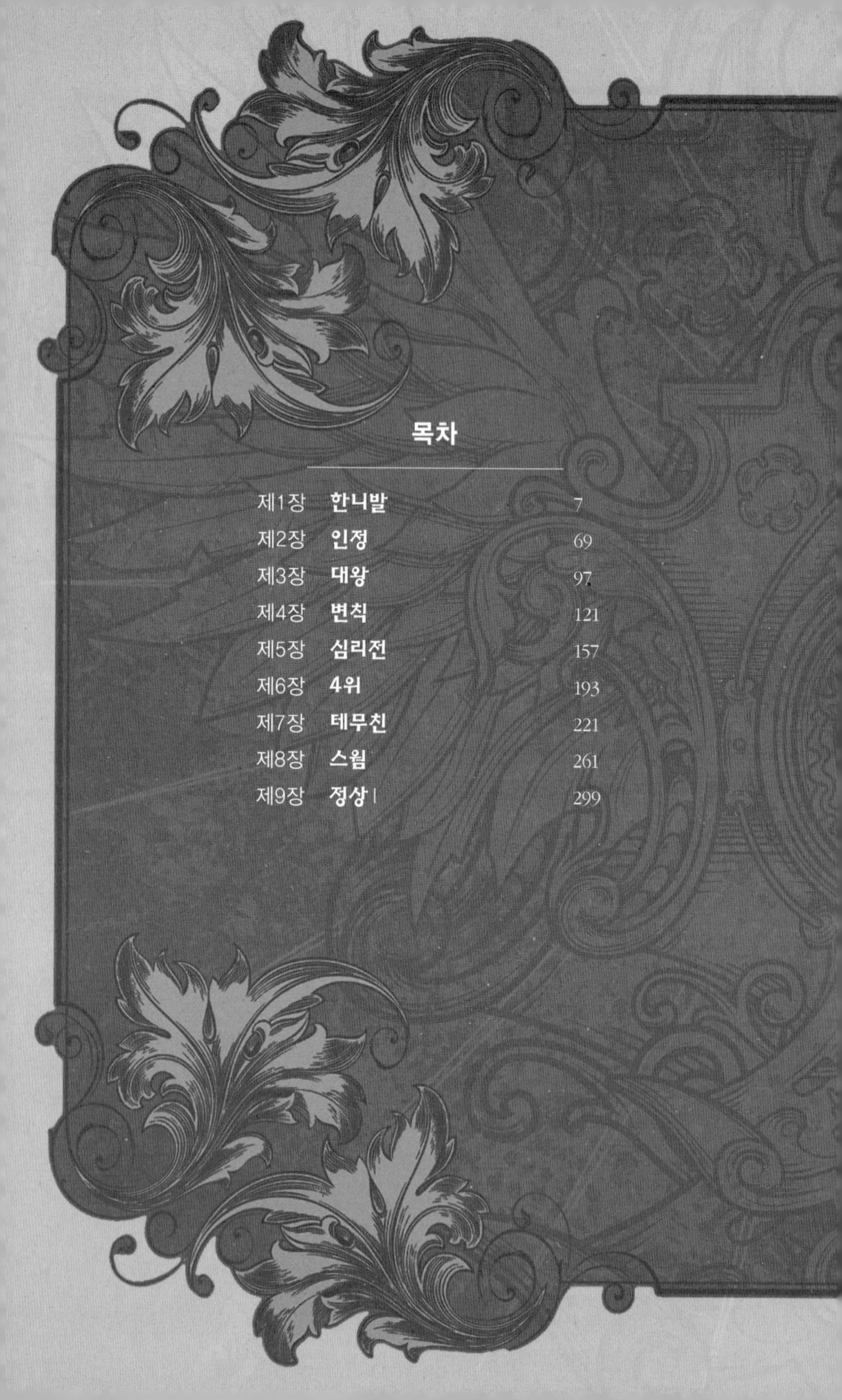

목차

마왕의 게임
GAME
OF
GOETIA

제1장

한니발

한니발은 전쟁 중에 병으로 한쪽 눈을 실명했는데, 그래서 이와 관련된 명언도 여러 번 남긴 바 있었다.

〈감은 눈으로 작전을 생각하고, 뜬 눈으로 적을 바라본다.〉

〈눈물을 흘릴 눈이 하나뿐인 것이 원망스럽구나.〉

아마 세계에서 가장 유명한 애꾸눈일 한니발 바르카였다.

그래서였을까.

이신은 한니발을 처음 보았을 때 흠칫했다.

덥수룩한 수염에 평범한 체격을 한 장년의 사내.

카르타고가 아프리카의 국가였기에 흑인일 거라고 생각했

던 일부의 추측과 달리 한니발은 그을린 구릿빛 피부의 백인이었다. 카르타고를 세운 페니키아 혈통이었기 때문.

그리고 무엇보다도 이신의 상상과 달리 안대를 쓰고 있지 않았다.

두 눈은 모두 있었는데, 다만 한쪽 눈은 붉은 안광이 흐르고 있었다.

"오, 자네가 이신이로군?"

"예."

한니발은 이신의 표정을 살피더니 이내 속마음을 알아차린 듯 껄껄 웃었다.

"아, 이 눈 말인가? 마계에 와서 하나 붙였네. 악마의 눈이라 그런지 밤에서 아주 잘 보이더군."

"그렇군요. 어쨌든 영광입니다."

"나야말로. 아직도 날 기억해 주는 이가 있다니 기분 좋은 일이군."

"잊히기에는 역사에 너무 큰 족적을 남기셨지요."

로마는 자기 땅에 세워진 한니발의 공적비 등의 유적을 파괴하지 않고 보존했다. 공포와 증오를 넘어, 한니발의 능력을 존경했다는 뜻이었다.

'한니발리아누스'라는 이름까지 왕족에게 지어줄 정도였으니 말 다했다.

"뭐, 결국 실패한 옛 사람의 이야기는 그만하세. 그보다 나는 아직 현재 진행형인 자네의 이야기가 궁금한데."

"저 말입니까?"

한니발이 관심을 가져주니 영광이었다.

나폴레옹이나 알렉산드로스 같은 이는 하도 자주 만나다 보니 무덤덤해졌지만, 한니발은 오늘 처음 본 것이다.

"자네가 군인이다 아니다 소문이 많던데 실제로는 어떤 사람인가?"

"지금은 군인이 아닙니다."

"흠, 그랬나? 하긴 전혀 군인다운 풍모는 아니었거든. 물론 무시하는 뜻은 아닐세. 군인은 아니지만 다른 무언가로 성공했을 것 같은 인상이거든. 하기야, 무언가 재주가 있었기에 계약자로 발탁된 것일 테고."

"말씀하신 대로입니다."

"두루뭉술하게 대답하니 더욱 궁금해지는군. 아무튼 휴먼으로 여기까지 오다니 대단하다 싶었네."

"가장 좋은 종족이라고 생각합니다만."

"에이, 농담 말게. 못 들었나? 나도 원래 휴먼으로 하려 했다는 것을."

"처음 듣습니다."

"나도 자네처럼 휴먼에 관심이 갔지. 같은 인간이라 더 마음이 가고, 역사에 족적을 남겼지만 지금쯤 지옥에 가 있을 양반들을 사도로 삼아 부리고 싶다는 상상도 했지. 자네도 그러고 있지?"

"예."

콜럼버스, 질 드 레, 이존효, 로흐샨(안녹산), 오귀스트 마르몽, 서영.

하나같이 당대에 명성을 떨쳤던 인물들이 이신의 휘하에 있었다.

"그런데 알렉산드로스와 모의전을 해보았는데 힘 한 번 못 써보고 완패를 당했지 뭔가. 휴먼은 때려치우라고 충고해 주더군, 나 원."

알렉산드로스다운 거침없는 일침이었다.

"그래서 마물로 종족을 바꿨는데 이건 기어 다니다가 날게 된 기분이더군. 근데 나폴레옹은 그런 휴먼을 가지고 서열 1위까지 올랐으니 참 특이한 친구야. 내 생각에 그 친구는 드워프가 더 잘 어울릴 것 같은데 무언가 다른 생각이 있는 모양인가 보지."

서열전이 벌어지기 직전.

그레모리와 가미진 두 악마군주가 기다리고 있는 자리에서, 한니발은 이신을 만나 반가웠는지 잡담을 늘어놓았다.

"그런데 그때나 지금이나 난 별로 나폴레옹 그 친구가 겁나지 않아. 전적에서도 내가 앞서고 있고. 아마 드워프로 종족을 바꾸지 않는 한, 내가 그 친구를 두려워할 일은 영원히 없을 거야."

그렇듯 자신감을 드러내는 한니발의 기분을 이신은 이해했다.

'종족 상성이라는 게 있으니 아무래도 그렇겠지.'

현실 세계의 게임에서는 인류가 괴물의 천적이지만, 마계의 서열전에서는 반대로 마물이 휴먼을 이겼다.

마치 괴물 플레이어가 인류를 짓밟고 강세를 보였던 e스포츠 초창기 시절을 보는 듯했다.

'헬하운드가 너무 세니까. 궁병은 너무 약하고.'

나폴레옹은 이 약점을 중반까지 버티다가 장기전을 펼치는 스타일로 극복하고 있다.

하지만 그런 스타일이 한니발에게는 아주 좋은 먹잇감인 것이다.

상대가 버티려 해도, 절벽이나 강을 건너서 먼저 쳐들어가면 되니까.

하지만 과연 이신은 어떤 방식으로 극복하려 할지 한니발은 몹시도 궁금했다.

—이야기는 끝났나?

검은 말의 모습을 한 악마군주 가미진이 물었다.

그제야 한니발은 잡담 삼매경에서 깨어났다.

"아, 너무 반가워서 시간 가는 줄 몰랐군. 늘 보던 놈들만 보다 보니 새로 올라온 계약자가 반가웠거든."

한니발은 잘해보자며 이신의 어깨를 툭툭 쳤다.

—제4 전장 엔터홀, 베팅은 5만. 이 정도면 되겠나?

가미진의 물음에 그레모리도 고개를 끄덕였다.

"좋다."

시작 지점이 총 4군데인 엔터홀은 아주 균형이 잘 잡힌 전장이었다.

이블 홀처럼 마물에게 유리한 전장을 고를 줄 알았는데 의외였다.

[악마군주 그레모리님과 악마군주 가미진님의 서열전입니다. 전쟁의 승패가 서열과 마력에 영향을 줍니다. 마력은 10만이 베팅됩니다.]

[마력 10만이 마력석이 되어 전장에 유포됩니다.]

[종족을 선택해 주십시오.]

"휴먼."

"마물."

한니발은 이신을 똑바로 바라보며 씨익 웃었다.

[서열전이 시작됩니다.]

[악마군주 그레모리님의 계약자 이신님과 악마군주 가미진님의 계약자 한니발 바르카님께서 참전합니다.]

서열전 1차전이 시작되었다.

한니발의 진영은 1시, 이신은 5시로 서로 세로 방향이었다.

예상대로 한니발은 일찍부터 헬하운드를 10마리까지 소환하여 압박하기 시작했다.

그 탓에 이신은 앞마당에 마력석 채집장을 구축하는 것은 꿈도 꾸지 못한 채 본진 출입구를 막고 틀어박혀야 했다.

한니발은 이신의 본진 출입구 앞에 헬하운드들을 도열시켜 놓고 나오지 못하게 완전히 봉쇄했다.

하지만 그 와중에도 이신은 노예 1명을 미리 바깥으로 빼두고 있었다.

봉쇄된 뒤에도 정찰은 계속해야 했기 때문이다.

게다가 여차하면 콜럼버스가 블링크를 써서 밖으로 나갈 수 있으니, 적어도 한니발의 동태는 계속 살필 수 있는 셈이었다.

노예로 계속 정찰한 결과, 12시에 마력석 채집장을 구축하는 움직임을 발견했다.

이신은 본진에 갇혀 있는 동안, 한니발은 그 틈에 본진은 물론 앞마당, 12시까지 총 세 곳에서 마력석을 채집해 부유해지겠다는 의도였다.

물론 이 부분을 충분히 예상했던 이신은 본진에 갇혀 있는 동안 병력을 모으고, 테크 트리도 진행한 상태였다.

'지금까지의 손해를 한 번에 만회해야 한다.'

이신은 모았던 병력을 이끌고 본진에서 뛰쳐나왔다.

"쏴라!"

로호샨이 석궁병들을 이끌었다.

쉬쉬쉭—

"키엑!"

"키에엑!"

헬하운드 2마리가 즉사했다. 나머지 8마리의 헬하운드들도 싸우지 않고 달아났다.

이제야 간신히 앞마당을 확보한 이신.

앞마당에 화살탑을 건설하면서 디펜스를 보강했다.

누가 봐도 앞마당에 마력석 채집장을 구축하려는 준비 단계였다.

*　　　*　　　*

'지금이군.'

이신이 앞마당에 마력석 채집장을 구축하면서 마력 확보에 나서려는 모습이었다.

한니발은 지금이 가장 좋은 공격의 적기라고 판단했다.

한니발은 독포자꽃을 대량으로 소환하기 시작했다. 세 곳에서 파먹은 마력량이 물량으로 폭발하는 것이었다.

헬하운드와 독포자꽃이 삽시간에 쏟아져 나왔다.

이것이 마물의 무서움.

마력석과 마법진만 충분히 갖춰져 있으면 단숨에 대군을 끌어모을 수 있는 마물이었다.

지금부터 한니발은 계속 병력을 꾸역꾸역 소환해서 공격에 투입할 생각이었다.

똑같이 병력을 소모시키게 되면 한니발은 세 곳에서 채집하는 마력으로 계속 충당할 수 있지만, 이신은 병력을 충당하기도 바빠서 앞마당 마력석 채집장을 운영하기도 버거운 상황이 된다.

그렇게 틈을 보다가 고유 능력으로 일격을 가하면 끝.

승리의 확신이 서자 한니발은 거침없이 움직였다.

'가라!'

마물 대군이 물밀 듯이 진격하기 시작했다.

한니발은 확실히 휴먼보다는 마물이 좋다고 생각했다.

휴먼의 경우 기동성이 좋은 병과가 따로 필요하지만, 마물은 그렇지 않았다. 이미 모든 병력이 다 빠르기 때문이다.

그런데 그때였다.

이신도 병력을 끌고 요격을 나왔다.

'나와서 붙겠다고?'

화살탑을 끼고 앞마당을 수비해야 하는 이신이 과감하게 치고 나온 것이다.

넓은 지형에서 싸우겠다는 생각인데, 이러면 한니발이야 좋았다.

그런데…….

'병력이 생각보다 많아?'

그랬다.

이신이 끌고 나온 석궁병+장창병+방패병의 숫자가 생각보다 훨씬 많았다.

'앞마당에 마력석 채집장을 건설 안 한 거구나!'

이러면 얘기가 달라진다.

확장보다 병력에 집중한 이신과 지금 당장 싸워줄 필요는 없었다. 가만히 있어도 마력 격차는 점점 벌어질 테니까.

하지만 상황이 변했다.

이신은 싸움을 관둘 생각이 전혀 없었다.

계속 북진!

이대로 반드시 성과를 거두겠다는 각오가 엿보였다.

'좋다, 그럼 싸워주지.'

한니발도 호승심이 들었다.

한차례 싸워서 병력을 소모시켜 준 후에 후속 병력으로 계속 소모전을 이어나가면 이신은 힘이 떨어질 터였다.

보급이 부족하면 아무리 전투를 많이 이겨도 전쟁에서는 못 이긴다는 건 살아생전에도 충분히 경험했던 바였다.

격전이 시작되었다.

한니발은 좌우로 날개를 활짝 펼친 진형으로 달려들었다.

이에 이신은 방패병을 중심으로 똘똘 뭉친 채 종심 돌파를 시도했다.

방패병과 장창병이 중심이 되어 돌파를 펼치자 한니발은 맞붙어주지 않고 병력을 좌우로 양분하며 길을 열어주었다.

이윽고 좌우에서 마물들이 덮쳤다.

완벽한 협공이었다.

그 순간,

'엇?'

이신도 앞뒤로 병력을 양분하였다.

각각 앞과 뒤로 빠르게 움직여 좌우협공을 피한 것이다.

그 직후에는 더더욱 기상천외한 전술이 펼쳐졌다.

뒤로 물러난 병력은 시계 방향으로 움직이며 마물들을 향해 화살을 쏘았다.

그리고 앞으로 움직인 병력은, 싸우지 않고 그대로 계속 북쪽으로 달려갔다.

앞뒤로 양분된 병력 중 한쪽만 남아서 싸우고, 다른 쪽은 그대로 1시를 향해 진격한 것이었다.

'이게 무슨 발상이지? 적을 눈앞에 두고서 병력을 분산이라니?'

각개격파당하기 딱 좋은 짓을 하고 있으니 당황스러웠다.

'일단 눈앞에 있는 적부터 전부 잡아먹자.'

한니발의 본진인 1시로 달려오는 적이 거슬렸지만, 후속으로 소환되는 병력으로 막으면 시간을 벌 수 있다는 계산이었다.

이신이 혼이 실린 필사의 용병술을 펼치기 시작한 것도 바로 그때부터였다.

*　　　*　　　*

서열전의 컨트롤은 게임보다 힘들었다.

정형화된 공격력과 움직임을 가지는 유닛과 달리 소환된 살아 있는 사람들은 신뢰성이 없었다.

특히나 지금처럼.

정면과 좌우에서 마물들이 반포위한 채 덮치는 광경과 마주하면, 이 살아 있는 병사들은 우왕좌왕한다.

그럴 때 이신의 진가가 발휘된다.

'난 너희를 안 믿는다.'

사기가 떨어지면 전투력이 떨어지고, 당황하면 우왕좌왕 정신을 못 차리고.

이신은 오직 자기 자신만 믿었다.

'그러니 내가 다 통제한다. 일일이.'

그때부터 이신의 컨트롤이 시작되었다.

병사들은 압도적인 숫자의 마물들이 삼면에서 쏟아지자 비관하였다.

"아, 엿 됐다."

"우린 글렀네."

"아무리 봐도 우리 싹 다 전멸할 상황이지?"

"이번에 소환한 계약자님 실력 좋다면서?"

간만에 소환되었을 때 활약해서 공을 세우고 싶었던 병사들로서는 별다른 전투 없이 자연스럽게 위기에 처하자 실망한 터였다.

그런데 이신이 컨트롤 기법으로 명령을 내리자 마음과 상관없이 몸이 저절로 움직이기 시작했다.

"어어? 통제하신다."

"뭔가 생각이 있으신 모양인가 보지."

"일단 시키는 대로 따라보자고."

"한 놈이라도 잡게 해주십쇼! 계약자님!"

병사들이 일사불란하게 진형을 재정비했다.

물론 그들의 자율적인 행동이 아닌, 이신의 컨트롤에 이끌린 것이었다.

방패병과 장창병은 선두로.

그 뒤로 석궁병들이 뒤따른다.

방패병 3명은 후미에 서서 꽁무니를 따라붙는 마물들의 공격을 받아낸다.

그 진형으로 그대로 우측으로 돌파!

이신의 병력이 진형을 갖추고 돌격하자, 공격받은 마물 대군의 좌익이 밀려났다.

본대와 우익이 후미로 따라붙으며 에워싸려 들었지만, 결국 이신의 병력은 앞을 가로막던 좌익을 뚫고 돌파에 성공했다.

반포위에서 빠져나오는 데 성공한 이신의 병력은 그대로 계속 직진하며 후퇴했다.

그 와중에도 석궁병들을 이끄는 로흐샨은 지휘 사격 능력을 이용하여서 계속 접근하는 마물들을 쏴 잡았다.

다시 한번 이신이 진형을 바꿨다.

방패병과 장창병이 둥글게 쐐기 형태로 스크럼을 짰다. 그 뒤로 석궁병들이 배치되어서 사격 준비를 했다.

'돌격!'

다시금 이신의 병력이 돌진!

한니발도 급히 마물들의 진형을 재정비했지만, 진형을 바꾸는 속도가 이신보다 느렸다.

쉬쉬쉭—

콰콰콱!

"키엑!"

"깨앵!"

가까이 접근했을 때, 석궁병들이 일제히 화살을 쏴서 마물들에게 약간의 피해를 입혔다.

'바로 후진!'

사격으로 피해를 입힌 뒤에는 다시 뒤로 물러났다.

또다시 이득을 보고 빠진 것이다.

마물들의 반격이 시작되었다.

중앙의 본대는 독포자꽃들이 독포자를 뿌려댔고, 좌우로 발 빠른 헬하운드들이 돌격했다.

독포자꽃이 정면에서 싸우는 동안 헬하운드들이 좌우 양옆과 후미를 쳐서 포위시킨다는 의도.

역시나 망치와 모루 전술이었다.

"또, 또 사방에서 덮치잖아!"

“적 계약자가 한니발이래잖아! 보통이 아니라니까!”

“어어, 우리도 움직인다!”

병사들은 마물들의 움직임에 당황할 틈도 없이, 다시 이신의 명령에 따라 행동을 개시했다.

그들은 이신의 조작에 따라 이리저리 움직이느라 정신이 하나도 없었다. 하지만 정신을 못 차리는 속마음과 달리 그들은 매우 정돈된 모습이었다. 디테일한 부분까지 세세하게 이신의 정밀한 조종을 받은 증거였다.

‘로호샨, 사격 준비.’

“옛! 석궁병들 모두 사격 준비!”

이신의 지시를 받은 로호샨이 석궁병들을 이끌었다.

‘헬하운드들이 석궁병의 사정거리에 들어오면 바로 발사한다.’

“옛!”

이신의 병력은 오른쪽으로 방향으로 틀었다.

오른쪽에서 달려오는 헬하운드들을 향해 진격했다.

석궁병들은 로호샨의 말에 따라 화살을 시위에 걸고 쏠 준비를 했다.

헬하운드들이 가까워졌을 때였다.

“발사!”

로호샨이 소리쳤다.

쉬쉬쉬쉭!!

화살이 일제히 쏘아지고 우수수 헬하운드들의 머리 위에 떨어졌다.

"커엉!"

"깨애앵!"

헬하운드들의 기세가 잠시 주춤했다.

'그대로 전속력으로 전진!'

이신의 지시에 따라, 이신의 병사들은 헬하운드와 교전을 벌이며 오른쪽으로 빠져나왔다.

달라붙는 헬하운드들을 방패병과 장창병이 떼어내면서, 또 다시 돌파 성공!

이번에도 반포위망을 빠져나온 것이었다.

'계속 이동. 교전 포인트를 또 바꿀 것이다.'

포위를 뚫고 달아나는 이신의 병력을 마물 대군이 뒤쫓는 양상이 계속되었다.

소소한 수준이었으나 이신은 충돌할 때마다 한니발을 상대로 계속 병력 손실에서 이득을 보고 있었다.

무엇보다도 큰 이득은 바로 시간!

이신의 병력은 둘로 나뉘어 있었다.

하나는 한니발의 1시 본진을 공격하러 갔고, 다른 하나는 바로 이렇게 마물 대군과 교전을 벌이는 중이었다.

한니발로서는 눈앞의 병력부터 없앤 뒤에 다른 하나를 마저 제거하고자 했다.

그런데 좀처럼 전멸시킬 기회를 찾지 못하고 시간이 끌리고 있으니, 각개격파하고자 했던 계획이 어긋나고 있었다.

이신의 병력은 끊임없이 움직이며 교전을 벌이는 지역을 바꿨다.

독포자꽃의 특성 때문이었다.

한곳에서 계속 싸우면 인근에 가득 퍼진 독포자 탓에 지속적으로 피해를 보게 된다.

때문에 독포자로 안개가 만들어지기 전에 빠져나가는 것이었다.

승리보다는 시간 벌기가 목적이었고 말이다.

*　　　*　　　*

생쥐처럼 잘 빠져나가며 시간을 버는 이신.

정면충돌을 피해 요리조리 피해 다니는 주제에, 틈날 때마다 기습적으로 한니발의 약한 부분을 치고 빠져서 얌체처럼 이득을 챙겼다.

'어떻게 저렇게 빠를 수가 있지?'

한니발은 불가사의함을 느꼈다.

마물은 휴먼보다 훨씬 더 스피드가 빠른 종족이었다.
그런데 한니발이 계속 이신보다 한발 느렸다.
이유는 간단했다.
당연히 기동성은 마물이 더 빨랐지만, 진형을 재정비하고 행동에 나서는 속도가 이신이 더 빨랐던 것이다.
그릇의 형태에 따라 물이 담긴 모양이 달라지듯, 이신은 상황에 맞춰 진형을 한순간에 바꿔 버렸다.
그건 마술처럼 보였다.
'정말 병사를 하나하나 일일이 조종하고 있단 말인가? 그게 어떻게 가능하지?'
소문이 옳았다.
이신의 용병술은 불가해한 경지에 이르러 있었다.
물론 전력은 한니발이 2배 이상 높았다.
이신의 병력은 둘로 나뉜 상태이니까.
그럼 앞뒤 가리지 말고 그냥 무작정 돌진해서 끝장을 봐도 될 것 같아 보이지만, 결코 그렇지 않았다.
잘못된 진형으로 싸워 버리면, 설사 수적 우세로 이기더라도 막대한 손해를 입고 만다.
그러면 전투에서 이겨도 전쟁에서 지게 되는 셈이었다.
이러고 있는 동안, 이신의 또 다른 부대가 한니발의 1시 본진 앞마당까지 당도했다.

'이러면 각개격파는 안 되겠는데?'

한니발은 앞마당에 화염진을 여러 개 건설해 놓고, 새로 소환된 병력도 배치시켜서 방비를 해뒀다.

하지만 이걸로는 피해 없이 막아내기 어려웠다.

본래는 방어선이 뚫리기 전에 중앙 지역에서 이신의 병력을 잡아먹은 후 회군하여서 막아낸다는 시나리오였다.

하지만 중앙 지역의 이신 병력은 여전히 활개를 치고 다녔다. 치고 빠지고 도망치며 마물 대군을 물고 늘어졌다.

이러면 오히려 한니발의 주력 병력이 발 묶인 채 본진이 털려 끝나 버리는 시나리오였다.

'어쩔 수 없나. 회군한다.'

어려운 결단이었다.

손해만 봤고 성과를 못 거둔 군사행동이었기 때문에 철군보다는 보다 극단적인 공격에 욕심이 났다.

이대로 이신의 본진으로 총공격을 감행해 보는 건 어떨까 싶었던 것.

'아냐, 실패했다가는 끝장이다.'

이신도 이에 대비하고 있으리라고 생각되었다.

한니발은 위험부담을 피하고 병력을 철수시켰다.

마물 대군이 본진을 지키러 돌아오자, 이신도 한니발의 본진을 공격하려 했던 병력을 철수시켰다.

중앙 지역에서 한니발을 괴롭히던 병력도 합류했다.
나뉘었던 두 개의 병력 덩어리가 다시 하나로 합쳐지자, 마물 대군과 대치한 상태에서 다시 긴장감이 고조되었다.
하지만 이신은 역시나 진형을 초고속으로 정비하였다.
정면으로 맞부딪치면 손해를 입을 것 같았다.
'그래, 어차피 이대로 시간이 흐르면 내가 유리하다.'
한니발은 본진, 앞마당, 12시 3곳에서 마력석을 채집하고 있었다.
이신은 이제야 간신히 앞마당에 마력석 채집장을 구축했을 터.
마력 채집량에서 압도하니 한니발로서는 큰 전투 없이 현상 유지로 상황을 넘긴 게 오히려 이득일 수 있었다.
그런데 바로 그때였다.

[적의 공격을 받았습니다!]

'뭐?!'
한니발은 깜짝 놀랐다.
'적의 동향은 계속 감시하고 있었는데?'
알고 보니 공격받은 지역은 바로 12시의 마력석 채집장이었다.

겨우 장창병 3명이 난입하여서 클로들을 덮친 것이다!
'고작 셋!'
한니발은 이신의 무서운 센스에 오싹해졌다.
굵직굵직한 군사 행동으로 숨 막히는 상황이 오가는 동안, 이신은 소수의 병력을 몰래 빼서 12시를 찌르는 판단을 내린 것이다.
12시에서 마력석 채집이 잠시 마비되었다.
클로가 4마리나 잡혔으며, 다른 클로들도 대피하느라 일을 못 했다.
급히 병력을 파견하여서 해결했지만, 결국 계속되었던 대치의 결과는 무승부에서 이신의 판정승으로 바뀌었다.
겨우 장창병 3명 때문에 말이다.
굵직한 싸움으로 상대의 이목을 끈 뒤, 작은 찌르기로 실익을 챙긴다!
'훌륭하다!'
한니발은 비록 당한 입장이었지만 감탄을 했다.
이신은 온갖 변칙으로 한니발의 봉쇄를 뚫고 나와 12시를 타격하는 데 성공한 것이었다.
거기에 중앙 지역에 대한 주도권도 완전히 빼앗기진 않았기 때문에 행동반경도 넓어졌다.
무엇보다도 휴먼이 강해질 타이밍이 슬슬 도래하고 있었다.

마법사나 투석기 둘 중 하나가 나올 때가 된 것이다.

'안정성을 추구한다면 투석기, 공격성을 중시 여긴다면 마법사를 택하겠지.'

선택에 따라 이신의 성향을 좀 더 자세히 알 수 있을 거라고 한니발은 생각했다.

이신의 선택은 마법사였다.

마법사가 포함된 병력을 이끌고 다시금 치고 나온 것이다.

마법사의 화력을 이용하여서 전투에서 이기고 그대로 한니발의 방어선까지 죄다 뚫어버리겠다는 승부수였다.

'어디 와봐라!'

한니발은 다시 호승심이 들었다.

중앙 지역에서 벌였던 초중반의 싸움은 한니발의 판정패였지만, 피차 병력 규모가 훨씬 커진 이런 대회전이라면 어떨까?

'이번에는 전술 대결이다. 설마 이런 대병력도 일일이 조종할 수 있다는 건 아니겠지?'

한니발은 자신감 있게 정면 승부를 걸었다.

이윽고 벌어진 일대 충돌!

"파이어 스톰!"

화르르르륵!!

"키엑!"

"키에엑!"

"깨갱!"

결과부터 말하자면 한니발의 패배였다.

이신의 마법사 활용법을 눈치채지 못한 것이 패인이었다.

한니발은 이신이 최대한 살상력을 발휘할 수 있는 순간에 마법사의 파이어 스톰을 쓸 것이라고 생각했다.

하지만 그렇지 않았다.

이신은 파이어 스톰을 적군의 동선을 차단하는 데 활용했다.

파이어 스톰을 여기저기 적소마다 써서 한니발의 움직임을 제한시킨 것.

그렇게 둔해진 마물 대군을 기다렸다는 듯이 들이받으니, 한니발은 대패를 당해야만 했다.

[악마군주 가미진님의 계약자 한니발 바르카님께서 패배를 선언하셨습니다. 악마군주 그레모리님의 승리입니다.]

전설이 된 명장 한니발과의 대결!

그 첫 승리는 이신의 차지가 되었다.

기분 좋은 출발을 하게 된 셈이었지만, 한니발도 낭패한 기색은 아니었다.

대결은 이제 시작일 뿐이었고, 첫 대결에서 이신에 대해 많이 파악하게 되었기 때문이었다.

'싸움은 이제부터가 시작이라네, 젊은 친구.'

*　　　　*　　　　*

[악마군주 그레모리님께서 마력 5만을 획득하셨습니다.]

[악마군주 그레모리님의 마력 총량이 3,117,000이 되셨습니다. 서열의 변동은 없습니다.]

[악마군주 가미진님의 마력 총량이 3,231,600이 되셨습니다. 서열의 변동은 없습니다.]

1차전의 승리로 마력의 정산이 이루어졌다.

아직 서열 변동은 없었으나, 악마군주 가미진의 표정은 좋지 못했다.

상대 계약자 이신은 처음 만난 상대였다. 즉, 졌으니 소원을 들어줘야 하는 것이었다.

악마군주 가미진은 모든 학문에 통달했으며 강령술도 할 줄 알았다.

이신은 평소처럼 1%의 마력을 요구하려다가 문득 마음이 바뀌었다.

'모든 학문?'

어차피 사도들도 다 상급 악마라 업그레이드할 것도 없었다.

마력이 더 있어봐야 딱히 쓸데도 없는 이신이었다. 악마화가 된 다른 계약자들처럼 마력을 탐내지도 않았고 말이다.

그런 이신의 기색을 본 악마군주 가미진은 혹시나 싶어서 물었다.

—다른 소원을 원하느냐?

“모든 학문에 통달했다고 하셨는데, 제게 학문을 몇 가지 분야나 가르쳐 주실 수 있습니까?”

—두 가지, 아니, 세 가지 학문에 통달하도록 해줄 수 있다.

악마군주 가미진은 이신의 마음이 변할까 봐 두 가지에서 세 가지로 올렸다.

가진 마력 총량의 1%라면 무려 32,316마력이었다.

이 피 같은 마력을 주는 것보다는 학문 몇 가지 전달해 주는 편이 훨씬 남는 장사였다.

이신은 곰곰이 생각하다가 입을 열었다.

“높은 수준까지 이해할 필요는 없습니다. 다만 다양한 분야를 터득했으면 좋겠습니다.”

그 말에 악마군주 가미진의 눈빛이 가늘어졌다.

—시험이군? 다양한 학문의 기초 지식을 묻는.

“예.”

—그럼 거기에 알맞은 게 있지.

가미진은 문득 입을 열더니 웬 구슬 하나를 토했다.

—시험 보는 날 이 구슬을 삼키면 시험에서 묻는 지식이 전부 머릿속에 들어올 것이다. 효력은 사흘간 지속된다.

"좋습니다."

이신은 그 구슬을 받아들었다.

—그럼 소원은 그걸로 끝난 것이다.

악마군주 가미진도 이신도 만족할 거래였다.

'이걸로 수능은 문제없다.'

아버지와 약속했던 대로 선수 생활 은퇴 후 한국대 입학은 따 놓은 당상이었다.

아무리 이신이라도 다시 수능을 보려면 족히 1년은 투자해야 했다.

공부 따위 어려울 게 없었지만, 시간을 아낄 수 있다면 그보다 좋은 게 없었다.

이 구슬로 1년을 아낀 셈이었다.

'은퇴 후에 바로 수능을 봐도 되겠군.'

아마 그때 세상은 수능 만점자가 된 이신 때문에 들썩이리라.

한편, 가미진과의 거래를 지켜본 한니발은 영문을 알 수 없다는 표정이 되었다.

"그런 하찮은 소원을 비는 계약자는 처음 보는군."

"해야 할 게 많으니까요."

이신의 짧은 대꾸에 한니발은 고개를 끄덕였다.

"아직 살아 있기 때문이지. 부럽군."

아직 살아 있는 이신을 부러워하는 것만은 한니발도 다른 계약자들과 마찬가지였다.

얼마나 많은 영광을 누렸건, 마계에서 얼마나 대단한 존재가 되었건, 아직 죽지 않고 인생을 누리고 있다는 것보다 부러운 건 없었던 것이다.

마계에서 누릴 수 있는 향락이 훨씬 많음에도 불구하고, 모든 계약자가 공통적으로 살아 있음을 동경하고 있었다.

이신은 구슬을 안주머니에 소중히 넣어두었고, 다시 서열전에 대한 이야기로 되돌아왔다.

—전장을 바꾸겠다. 이번에는 제7 전장 오린에서 붙어보자.

가미진의 말에 이신은 눈이 빛났다.

제7 전장 오린.

구릉 형태로 된 3인용 전장이었다.

전장의 한가운데 중앙을 향해 솟아오른 지형을 띠고 있어, 중앙을 장악한 쪽이 매우 유리해진다.

'특히 휴먼이 중앙에 투석기를 배치시키면 반쯤 승기를 잡은 것이나 마찬가지지. 왜 이곳을 골랐지?'

제7 전장 오린을 택한 건 당연히 한니발의 선택일 터.

한니발이 무슨 생각을 하는지 알아야 했다.

'제4 전장은 테스트를 위해서였다는 것이군.'

전장 중에 뚜렷한 특징 없이 무난한 전장을 고르라면, 제1 전장 아스테이아와 이곳 제4 전장 엔터홀을 꼽을 수 있다.

한니발은 승리가 아닌 이신에 대해 파악하기 위하여 이곳을 1차전의 전장으로 삼았다는 뜻이 된다.

'그럼 이제는 파악이 끝났기 때문에 전장을 바꿨다는 뜻인데.'

그래서 택한 게 제7 전장 오린이라니, 어떤 의중을 품고 있는지 궁금했다.

'일단 부딪쳐 볼까.'

1차전에서 한니발이 이신을 탐색했다면, 2차전은 이신이 한니발에 대해 파악할 차례였다.

* * *

2차전이 시작되었다.

한니발은 1차전과 똑같이 시작부터 이신을 거세게 압박했다.

'멋진 걸 보았다, 젊은 친구.'

그때 이신은 밖에 진을 치고 기다리는 적의 압박을 뚫고 나가야 했다. 심지어 적의 마력석 채집장 한 군데에 피해도 입혀야 했다.

그런 어려운 과제를 성공시키기 위하여, 이신은 변칙적인 기교를 부려야 했다.

적의 눈앞에서 병력을 양분시키는가 하면, 절반밖에 안 되는 병력을 가지고 마물 대군과 싸우며 시간을 벌었다.

'결국 최종 목적은 12시에 장창병 셋을 보내는 것이었지.'

그것을 위하여 위험 부담을 감수하며 현란한 용병술을 펼쳐 보인 셈이었다.

그 눈속임!

불가능한 과제를 성공시키기 위하여 기교를 부려야 했던 이신의 대담성과 특별함에 한니발은 순수하게 감동했다.

어떻게 그러한 일을 해낼 수 있었을까?

한니발은 2배 이상의 병력을 갖고도 이신의 반쪽짜리 군대에게 농락당한 중앙 지역의 전투를 떠올렸다.

한 번 당해본 이상, 두 번은 같은 수법에 안 당할 자신이 있었다.

하지만 그걸 떠나서, 중앙 지역의 교전에서 이신이 보여준 스피드는 말도 안 됐다.

한니발은 더 빠르고 사나운 마물 군단을 이끌고 있으면서도 이신의 병력을 뒤쫓기에 벅찼다.

'이신의 장점은 기동성이다.'

한니발은 확신했다.

마물보다 휴먼이 더 기동성이 빠르다는 건 물리적으로 말이 되지 않았는데도, 한니발은 확고했다.

그의 군대는 잠시도 제자리에 머물지 않고 끊임없이 움직였다.

매순간 조금도 고민하지 않는 의사 결정의 속도!

거기다가 상황에 따라 물처럼 병력의 포지션을 바꾸는 말도 안 되는 용병술!

판단 속도와 진형을 단숨에 재정비하는 신속성으로 마물을 능가하는 기동성을 구사할 수 있었던 것이다.

'휴먼으로 기동성을 중시한 전술을 펼친다니. 인정할 수밖에 없다.'

나폴레옹은 철두철미한 수비 태세를 취하다가 기회가 보이면 과감하게 치고 나가 자신의 영역을 확장한다.

이에 반해 이신은 시종일관 빠른 스피드로 상대를 흔들고 현혹시키며 기회를 창출하려 들었다.

어느 쪽이 더 우위라고 할 수는 없지만, 적어도 이신이 나폴레옹과는 전혀 다른 휴먼의 전략 전술 패턴을 확보한 것은 틀림없었다.

인정할 수밖에 없었다.

서열 6위라는 위치에 걸맞은 실력자임을 말이다.

그래서 택한 곳이 바로 이 제7 전장 오린.

전 지역이 경사진 지형을 띠고 있고 절벽 등의 장애물도 많은 복잡한 지형이었다.

평탄했던 제4 전장 엔터홀 때처럼 종횡무진 달리기 어렵다는 뜻.

한니발은 이곳에서 이신의 기동성을 철저히 봉쇄하는 전략을 구사했다.

장기전까지 갈 생각이 없는 한니발은 꾸역꾸역 병력을 소환하여서 마물 대군을 형성하였다.

그러면서 이신이 본진에서 나오지 못하도록 계속 압박!

전장에서 고도가 가장 높은 중앙 지역을 장악한 채로 일대를 한눈에 내려다봤기 때문에, 이신은 한니발의 눈을 피해 병력을 움직이지 못했다.

한니발은 이번에는 독포자꽃이 아니라 비행 마물인 마룡을 주력으로 소환했다.

마룡 편대는 하늘을 날며 이신이 공중으로도 나오지 못하게 감시했다.

이신도 가만히 있지는 않았다.

봉쇄되어 있는 동안 테크 트리를 올리는 데 집중하여서 마법사를 최단시간에 소환하였다.

마법사가 3명까지 모이고 투석기도 2기가 완성되자, 이신은 즉각 전군을 거느리고 출진했다.

마법사 3명이 쏠 수 있는 파이어 스톰은 총 6방.

그 6방 안에 적을 격퇴시켜야 한다는 부담을 안고 있었다.

하지만 꼼짝없이 봉쇄당해서 적의 동태를 정찰하지 못했다는 점이 악재로 작용했다.

이신이 뛰쳐나온 순간, 한니발이 텅 빈 이신의 본진을 침공한 것이다.

[계약자 한니발 바르카님께서 고유 능력을 사용합니다. 300마력이 소모됩니다.]

[50마리의 마물이 절벽을 건넙니다!]

[5마리의 마물이 절벽을 건너다가 추락사했습니다.]

말로만 들었던 한니발의 고유 능력이 마침내 펼쳐졌다.

50마리의 헬하운드가 일제히 절벽을 건너 본진에 나타나는 광경은 두렵기 짝이 없었다.

그중 5마리가 추락하여서 죽어버린 부작용도 있었지만, 이 능력으로 얻은 전략적 가치를 따지면 약소한 희생이었다.

헬하운드뿐만이 아니었다.

하늘을 날 수 있는 마룡들도 절벽을 건너 날아들어 합세했다.

헬하운드 떼에 마룡까지 합세하니, 한니발의 주력이 모두 이신의 본진에 침투한 셈이었다.

이신은 급히 밖으로 나갔던 병력을 다시 불러들였다.

본진에 어느 정도 방어를 해두었기 때문에 시간을 끌 수는 있었지만, 이신의 예상보다 훨씬 거센 공격이었다.

한니발의 마물 떼가 본진을 휘젓고 다녔다.

이신은 마물들을 한곳에 몰아넣고 파이어 스톰으로 학살하는 전술을 사용했다.

하지만 마물들은 끝이 없었다.

새로 추가 소환된 헬하운드들이 줄지어서 이신의 앞마당을 급습한 것이다.

이신은 심시티로 앞마당 통로를 틀어막고, 소수의 석궁병으로 대응하는 임기응변을 펼쳤다.

본진과 앞마당에서 모두 처절한 전투가 펼쳐졌다.

한니발은 마룡들을 앞마당 쪽으로 보내서 통로를 막고 있는 건물을 파괴했다.

하지만 심시티로 시간을 번 이신은 그동안 화살탑 2채를 세워놓은 후였다.

살아남은 석궁병들이 화살탑에 들어가 저항했다.

온 힘을 쏟고 있는 것은 한니발도 마찬가지.

진즉에 항복 선언을 받았어야 했는데, 끈질기게 버티는 이신 때문에 한니발도 살짝 당황했다.

심지어…….

[적의 습격을 받았습니다!]

1시 지역에 구축한 마력석 채집장에서 들린 소식이었다.

장창병 2명이 일하던 클로들을 습격하고 있는 게 보였다.

그 광경을 본 한니발은 그만 혀를 내둘렀다.

'그 와중에 반격까지!'

급히 본진 수비를 하러 회군했을 때, 장창병 2명은 따로 빼두어서 1시까지 침투시킨 모양이었다.

한니발이 공격에 집중하고 있는 틈을 타서 1시까지 침투시킨 이신의 수완에 경탄이 나왔다.

1시 급습은 예상도 못 했기 때문에 한니발도 적지 않은 피해를 입었다.

뒤늦게 헬하운드들을 보내 진압했지만, 이대로 공격이 막힌다면 상황이 묘해진다.

'지금 이겨야 한다!'

한니발도 사력을 다했다.

본진에 침투한 헬하운드들이 주요 건물만 골라서 파괴했다.

이신이 노예까지 동원해서 저지하려 했지만, 헬하운드들은 마지막까지 건물만 때려서 파괴하는 데 성공했다.

하필이면 테크 트리의 핵심이었던 마탑이었다.

핵심 전력인 마법사를 소환할 수 없게 된 것이다.

마법사가 없자 계속 밀려드는 마물의 물량 공세를 이겨내기 힘들어졌다.

[악마군주 그레모리님의 계약자 이신님께서 패배를 선언하셨습니다. 악마군주 가미진님의 승리입니다.]

결국 이신은 패배를 인정했다.

일방적인 대승을 예상했었던 한니발로서는 진땀 흘린 신승이었다.

*　　　*　　　*

이신은 눈살을 찌푸렸다.

'생각보다 더 강했다.'

자신이 치고 나갈 때, 한니발이 역으로 본진에 쳐들어올 수 있다는 건 염두에 두고 있었다.

그래서 본진에 어느 정도 방어 시설을 갖춰놓았다.

만약 쳐들어올 경우, 오히려 본진에 들어온 적을 잡아먹을 생각도 했다.

방어 시설로 시간을 버는 동안, 아군이 회군하여서 본진을 정리하면 되는 것.

실제로도 잘 막아냈던 이신.

본진에 떨어진 맹공에도 잘 버티며 치열하게 저항하여서 한니발을 당황시키기도 했다.

그런데 생각보다 한니발의 공격이 강했다.

고유 능력으로 헬하운드를 투입하고 마룡까지 합세시켜서 연계를 펼치니 시너지가 무서웠다.

'조합 시너지 외에도 비결이 더 있었던 것 같은데.'

이신은 2차전을 되짚어보다가 문득 한니발에게 물었다.

"피부 강화를 했습니까?"

그 질문에 한니발은 깜짝 놀랐다.

"그걸 알아봤나?"

"헬하운드들이 좀처럼 안 죽더군요."

'피부 강화'란 마물의 피부를 더 질기게 해서 맷집을 강화시키는 업그레이드를 뜻했다.

보통은 '이빨 강화'를 하여서 헬하운드의 공격력을 높이는

데, 한니발은 반대로 한 것이다.

"석궁병의 볼트와 마법사의 파이어 스톰 등을 더 오래 버티게 하려 했군요."

"잘 아는군. 그걸 알아채다니 대단한 감각이다."

한니발은 이신을 칭찬했다.

승패를 한 번씩 주고받은 두 사람은 서로의 실력을 인정했다.

'공격적인 플레이를 위해 오히려 방어력을 업그레이드시키는 건 e스포츠에서도 한때 유행했던 스타일인데.'

한니발은 실전과 연구를 수없이 거듭한 프로 게이머도 아니면서 그런 전략을 구사했다.

그가 얼마나 세련된 발상을 하는지 알 수 있는 증거였다.

어쨌거나 이신으로서는 생각이 더 많아질 수밖에 없었다.

본진에 들어온 적은 재빨리 정리하는 게 급선무였다.

적이 들어와 날뛰는 동안 본진의 업무가 마비되기 때문.

그런데 한니발은 피부 강화로 맷집을 높이고는 더 오랫동안 분탕질을 치게 했다.

똑똑한 선택이었다.

'그 이상 본진 수비에 마력을 낭비하면 이길 수가 없는데.'

한니발은 이번에도 마룡을 쓸 것이다.

마룡은 고유 능력 없이도 비행으로 이신의 본진을 드나들며 내부 상황을 정찰할 수 있으니까.

본진 수비에 공 들인 걸 보면, 한니발은 그냥 공격을 안 하면 된다. 그럼 수비에 들인 마력이 쓰레기가 된다.

생각할수록 방어의 종족인 휴먼에게는 천적 같은 한니발의 고유 능력.

이신은 어떻게 해도 전제 조건에서 한니발에게 지고 시작하는 기분이 들 수밖에 없었다.

역설적으로 그 점이 이신에게 강한 투지를 불어넣었다.

시작부터 불리한 위치에 있는 경험은 지금껏 한 번도 없었던 것이다.

언제나 관심사는 상대 선수가 이신의 압도적인 실력을 어떻게 극복하나였다.

그런데 1–1로 한 번씩 승패를 주고받은 상황에서 전략적으로 불리한 전제 조건이 붙자, 이신은 간만에 투지가 타오르는 것을 느꼈다.

'1차전의 승리도 기교로 억지로 이긴 거였다.'

1차전의 수법은 이제 다시는 안 통할 것이다.

이렇듯 필승 전략이 있는 한니발에 비해, 이신은 계속 일회성 계책만 시도해야 하는 처지였다.

한니발이 원하는 대로 둘 중 하나를 선택해 주겠다.

질 드 레에게 말했던 한니발에 대한 대책은 결국 그때그때 상황에 맞춰 임기응변으로 극복하겠다는 뜻이었다.

단순히 감각에 의존한 임기응변이 아니었다.

이신은 그때그때 특정 상황에서 써먹을 수 있을 만한 계책을 다양하게 준비해 왔다.

일회성 계책만 시도해야 하는 처지라면, 그 일회성 계책을 계속 써서 이겨주겠다는 뜻이었다.

아무리 최상위의 서열전이라 해도, 서열전이 무한하지는 않으니까.

'여차하면 단체전으로 종목을 바꾸면 되지.'

여차하면 질 드 레와 함께 단체전으로 밀어붙이겠다는 마인드로 이신은 서열전을 속행했다.

*　　　*　　　*

3차전.

전장도 베팅도 2차전과 동일.

한니발은 9시에서, 이신은 5시에서 시작했다.

이신은 시작부터 심시티에 심혈을 기울였다.

또다시 절벽을 넘어 침공해 올 때를 가정해서 수비하기 편하도록 잘 지어놓아야 했다.

건물 1채, 1채에 전략적 의미를 담아 장인 정신으로 지어

올렸다.

그렇게 수비에 주의를 기울이는 이신에 비해, 한니발은 이번에는 병력을 모으기보다는 부유한 체제를 택했다.

이신이 수비에 신경 쓰며 다소 움츠러든 것을 알고 과감하게 2번째 마력석 채집장을 12시에 건설한 것이다.

9시, 12시, 5시 등 3곳의 시작 지점 중 2곳을 먹고 시작한 셈.

시작 지점이 다른 지역보다 마력석이 많이 매장되어 있다는 점을 감안하면 상당히 부유한 체제였다.

한니발이 다소 유리하게 출발한 셈이었지만, 이신도 갈고 닦은 비수를 하나 꺼내 들 생각이었다.

그것은 바로 그리핀!

이신은 그리핀을 우선적으로 소환했다.

로호샨을 비롯하여 숙련된 정예 석궁병들을 태운 그리핀 편대는 일찌감치 출발하여서 한니발을 괴롭히기 시작했다.

한니발은 마룡을 주력으로 소환하고 있었는데, 양측의 공중전은 이신의 우세였다.

마룡의 숫자가 더 많았지만, 이신 특유의 공중전 운영을 당해내지 못했다.

정면 승부를 피한 채 철저히 치고 빠지는 그리핀 편대.

마룡들의 추격을 피해 달아나면서 이곳저곳 한니발의 진영을 들쑤시고 다녔다.

들쑤신다고 해봤자 클로나 헬하운드를 1, 2마리씩 죽이고 도망치는 게 고작이었지만, 그게 계속되자 꽤 피해가 누적되기 시작했다.

마룡들이 쫓아와도 가끔 U턴 샷을 펼쳐 1마리씩 사살하는 반격까지 간간히 보였다.

'소문은 들었지만 대단한 공중전이군!'

한니발은 이신의 공중전 운영에 진땀을 흘렸다.

한니발은 그리핀 편대가 어디에서 나타날지 예측할 수가 없는데, 이신은 마룡 편대의 움직임을 훤히 꿰뚫고 피해 다니고 있었다.

혹시 적을 볼 수 있는 고유 능력이라도 있는 건가 의심될 정도였다.

'내 동선을 훤히 알고 피할 수 있다니. 이게 가능하단 말인가?'

마력 채집량에서 압도적이긴 하지만, 이신은 어떻게든 그리핀 편대의 게릴라로 득점하며 조금씩 야금야금 만회하고 있었다.

"뛰어난 재주임은 인정하지만, 대세를 거스르지는 못한다, 이신."

한니발은 더 이상 젊은 친구라 부르지 않고 이신의 이름을 불렀다. 이신을 강적으로 인정했기 때문.

이신이 아무리 여기저기 귀신처럼 싸돌아다니며 소소한 전과를 거두고 있긴 하나, 압도적으로 유리한 자신의 위용을 감당하지는 못한다고 생각했다.

결국 압도적인 숫자의 마물 대군이 떼 지어 쳐들어갈 것이고, 이신의 분전은 무의미해질 터였다.

한니발은 그렇게 확신했다.

마룡은 일정 숫자만 소환해서 그리핀 편대를 마크하게 하고, 주력 병력을 독포자꽃과 헬하운드로 바꾸었다.

독포자꽃을 진영 곳곳에 배치하여서 그리핀 편대의 기습에 대한 경계를 강화시켰다.

결국 대세를 거스르지는 못한다고 믿었다.

그런데…….

'왜?'

무언가 이상했다.

'왜 생각보다 병력이 적지?'

한니발은 자신이 모은 마물 대군이 생각보다 적다는 것을 깨달았다.

이유는 하나뿐이었다.

'설마 계속 입은 피해가 이렇게까지 누적되었다는 건가?'

그랬다.

한니발이 모르는 게 있었다.

이신은 가랑비로 옷 젖게 만드는 데는 장인의 경지에 있었다.

전략 레벨의 불리함을 전술 레벨의 승리로 극복시켜 본 경험이 무수히 많았다.

대세를 믿고 자잘한 견제에 예민하게 대응하지 않은 한니발의 마인드는 이신이 가장 좋아하는 먹잇감이었던 것이다.

전략가로서, 큰 틀에서 전쟁을 보는 한니발.

이에 대해 이신은 철저히 수학적인 잣대를 들이대고 있었다.

계속 입힌 피해가 누적되면 총 피해액이 얼마인지 계산해가며, 승부를 볼 타이밍을 재고 있었던 것.

승부의 타이밍을 위하여 이신은 또다른 포석을 두고 있었다.

곳곳에서 수비가 강화되자, 이신은 타깃을 마룡으로 바꿨다.

마룡을 만날 때마다 U턴 샷으로 1마리씩 깎아 내려갔다.

한니발은 마룡의 숫자가 점점 줄고 있는 것을 크게 신경 쓰지 않았다. 어차피 주력은 독포자꽃이었으니까.

그것이 자신의 약점으로 작용하게 될 거라고는 생각지도 못했다.

마침내 이신이 전 병력을 이끌어 치고 나왔다.

이신은 그리핀 편대와 더불어 마법사까지 소환한 터라, 지상군의 숫자는 2차전 때보다도 적었다.

한니발도 승부를 볼 때라고 판단하고는 전 병력을 끌고 요격했다.

그때부터 마룡이 부족해진 것이 약점으로 드러났다.

이신은 지상군 주력으로, 한니발의 마물 대군을 상대로 시간을 버는 식으로 싸웠다.

마법사의 파이어 스톰으로 추격을 뿌리치며 후퇴하는 식이었다.

마법사들 때문에 한니발이 함부로 달려들지 못하는 동안, 그리핀 편대는 다른 곳에서 활약했다.

한니발의 본진과 마력석 채집장들을 순회하며 클로들을 사살하는 등 본격적으로 분탕질을 쳐댔다.

그리핀 편대를 쫓아다니며 마크할 마룡이 부족했고, 주력 병력은 밖에 나가 있기 때문에 여기저기가 무방비 상태였다.

그 탓에 극심한 피해를 입어서 한니발의 진영이 휘청거렸다.

그게 계속되다 보니 한니발의 마물 대군은 점점 줄어드는데, 이신의 지상군 숫자는 점점 늘어났다.

'이런 식의 싸움이라니!'

한니발은 급히 병력 일부를 방어에 투입했지만, 마력석 채집장을 여러 곳에 구축한 만큼 막을 곳도 많았다.

그리핀 편대는 귀신같이 빈틈만 찾아다니며 계속 전과를 거뒀다.

어느덧 상황은 역전되어 있었다.

이신은 충분히 커진 지상군 주력으로 정면 승부를 걸었고, 대회전에서 한니발의 마물 대군을 호쾌하게 꺾어버렸다.

한니발도 넓게 날개를 펼치고 사방을 독포자의 안개로 뒤덮으며 분전했지만, 그리핀 편대가 후방에서 나타나 협공을 가한 것이 컸다.

대패를 당한 한니발은 고개를 절레절레 내저으며 패배를 선언했다.

[악마군주 가미진님의 계약자 한니발 바르카님께서 패배를 선언하셨습니다. 악마군주 그레모리님의 승리입니다.]

다시 승부는 2—1로 이신이 한 발 앞서나갔다.

한니발은 눈살을 찌푸렸다.

'잘잘한 피해가 너무 많이 누적됐구나.'

야금야금 피해를 입혀 큰 타격을 만든 이신의 전략은 조잡스러우면서도 새로웠다.

그토록 공들여 작은 피해를 무수히 많이 누적시키는 전법은 경험해 본 바가 없었기 때문이다.

'정말 경이로울 정도로 부지런하구먼.'

잠시도 쉬지 않고 여기저기 들쑤시고 다닌 그리핀 편대는 부지런하다는 말로도 부족할 지경이었다.

'설마 그 수많은 기습 작전을 전부 일일이 지시한 건 아니겠지?'

한니발은 이내 고개를 저었다.

그리핀 편대의 활동 하나하나를 일일이 다 이신이 명령을 내린 거라고 생각하기란 무리였다.

'머리가 여럿 달린 괴물도 아닌데, 그 많은 지시를 일일이 다 할 수 있을 리가 없지.'

*　　　*　　　*

4차전은 한니발의 역습이었다.

이번에는 처음부터 독포자꽃을 주력으로 소환하여서 곳곳에 대공 방어를 해두었다.

이신은 첫 그리핀이 소환되자마자 정찰을 보냈는데, 한니발의 방어 태세를 보고는 그리핀 편대를 쓸 생각을 포기했다.

그리핀 1마리는 계속 정찰로 활용하면서, 이신은 역시나 마법사를 모으는 데 주력했다.

하지만 이윽고 한니발이 급작스럽게 총공세를 펼쳤다.

한니발의 회심의 한 수였다.

바로 마룡!

이신이 그리핀을 모으지 않는다는 걸 알고는, 한니발이 비밀리에 마룡을 모은 것이다.

그리핀 편대가 없는 이신은 제공권을 한니발에게 빼앗기고 말았다.

거기다가…….

'저건 정말 너무하는군.'

이신은 눈앞에 벌어지고 있는 광경에 할 말을 잃었다.

[계약자 한니발 바르카님께서 고유 능력을 사용합니다. 300마력이 소모됩니다.]

[50마리의 마물이 절벽을 건넙니다!]

[5마리의 마물이 절벽을 건너다가 추락사했습니다.]

마물들이 절벽을 기어올라 이신의 본진으로 침투하고 있었다.

대부분 헬하운드와 독포자꽃이었지만, 그중에 종종 보이는 육중한 몸집의 엔트들이 이신을 질리게 했다.

독포자꽃이 진화한 형태인 엔트는 거대한 나무 괴물이었다.

엄청난 몸집의 나무 괴물이 낑낑거리며 절벽을 기어오른 것이다!

그 엔트를 뒤에서 열심히 받쳐주는 헬하운드들이 안쓰러워 보일 정도.

살아생전의 한니발이 코끼리들을 끌고 알프스를 넘던 모습이 저러했을까 싶었다.

사실 그때 한니발은 알프스 산맥을 넘다가 코끼리를 대부분 잃었기 때문에 제대로 써먹지 못했다고 한다.

그게 무슨 한이라도 됐던 것일까?

한니발은 기어코 엔트들을 이끌고 절벽을 넘어 이신의 본진에 진입하는 데 성공했다.

엔트들은 석궁병의 볼트가 잘 박히지 않는 엄청난 방어력 때문에 이신의 천적이나 다름없었다.

마법사의 파이어 스톰으로 불태우는 수밖에 없었는데, 그것도 여의치 않았다.

마법사가 접근할라치면 곧바로 마룡들이 날아와 집중 공격했기 때문이다.

한니발이 비밀리에 마룡 편대를 모으는 것을 알아차리지 못한 탓에 제공권을 잃은 결과였다.

엔트들을 앞세운 한니발은 본진 출입구를 가로막았다.

출입구를 장악당한 탓에 본진과 앞마당이 서로 고립당하자, 뒤이어 마물들이 물밀 듯이 이신의 앞마당을 공격했다.

출입구가 막혀 있어서 본진에 있는 병력이 앞마당을 구원하러 갈 수가 없었다.

깨끗이 당했음을 인정하고 이신은 패배를 선언했다.

[악마군주 그레모리님의 계약자 이신님께서 패배를 선언하셨습니다. 악마군주 가미진님의 승리입니다.]

이로서 2승 2패.

다시 동률이 되자 한니발은 씨익 웃어 보였다.

"이제야 앙갚음을 해주었군. 솔직히 3차전 때는 정말 열받았거든."

시종일관 여기저기 들쑤시고 내빼 버리는 이신 특유의 집요한 견제 플레이는 당하는 이를 열받게 만든다.

그렇게 당하면 보통 멘탈이 나가 버리기도 하는데, 한니발은 침착하게 설욕했다.

그것도 3차전의 패배 원인이었던 제공권을 빼앗는 계책으로 말이다.

"훌륭하시군요."

이신은 4차전에서 보여준 한니발의 실력을 순순히 인정하였다.

2패!

한니발은 확실히 지금까지 상대해 봤던 다른 계약자들과는 차원이 다른 실력을 보여주었다.

이신이 다양한 테크닉으로 압도했다면 한니발은 묵직한 한 방으로 2승을 챙겼다.

물론 고유 능력에서 상성상 불리한 점이 크긴 했지만.

'가만.'

이신은 문득 지난번에 박영호와 했던 연습 게임이 떠올랐다.

신족으로 박영호의 마물에 맞섰는데 상당히 치열했던 명경기로 개인방송에서 크게 호응을 받았던 터라 기억났다.

그때도 계속 압도적인 물량으로 몰아치는 박영호를 사략기편대의 제공권을 바탕으로 대사제와 철갑충차 등 특수 유닛을 현란하게 쓰며 맞섰다.

'결국 졌었지.'

연구해 보겠다고 리플레이 파일을 가져간 전략팀에서도 고개를 절레절레 내저으며 써먹을 수 없다고 결론을 내려왔다.

"카이저가 아니면 할 수 없는 플레이입니다."

피지컬과 컨트롤, 멀티태스킹의 부담이 너무나 컸기 때문.

수송기 3기를 각기 따로 운용하면서 컨트롤에 실수가 절대 없어야 하니, 미치지 않고서는 구현할 수가 없는 플레이였던 것이다.

'내가 생각을 잘못했나?'

너무 외줄타기 곡예 같은 전술을 고집한 게 아닌지 하는 생각이 들었다.

마법사로 적의 물량에 맞서겠다는 기본 발상은, 마법사의 파이어 스톰이 불발 났을 때의 대가가 혹독했다.

그런 위험천만한 싸움을 전혀 두려워하지 않는 자신의 성격이 역효과를 불러왔나 생각하게 된 것이다.

'괴물을 잡는 건 신족의 강력함이 아니라 인류의 탄탄함이지.'

신족의 유닛이 아무리 강력한들, 괴물이 물량 공세에 부딪쳐 소모전이 나버리면 견뎌내지 못한다.

하지만 탄탄한 방어력을 펼치는 인류는 괴물의 물량을 녹여 버린다.

한니발의 고유 능력 탓에 휴먼의 장점을 너무 포기한 게 아닌가 싶었다.

'나폴레옹이 한니발에게 고전했다는 얘기 때문에 나폴레옹과 반대의 노선을 택한 게 문제였나.'

이신은 곰곰이 생각에 빠졌다.

그렇다면 어떻게 해야 할까?

휴먼의 정석.

역시 투석기였다.

사거리와 파괴력을 활용해야만 한니발의 마물 대군을 막을 수 있다.

기동성에 약점이 있으나 한곳에 일단 자리를 잡고 바위를 쏘면 마법사보다 더 확실하다.

'그리고 공병도 투입해서 건물을 수리하면 디펜스는 확실히 더 좋아지겠지.'

이신은 5차전의 콘셉트를 잡았다.

이번에는 디펜스였다.

—준비가 됐으면 시작하지?

악마군주 가미진이 물어왔다.

이신은 그레모리에게 고개를 끄덕여 보였다.

그레모리가 말했다.

"준비는 됐다. 다시 도전하겠어."

—똑같은 전장, 똑같은 베팅이다.

"응하겠다."

이윽고 이신과 한니발은 5차전에 돌입했다.

전장으로 투입되어 서열전을 개시한 두 계약자를 지켜보며, 문득 악마군주 가미진이 그레모리에게 말을 건넸다.

—무모한 도전을 강행하는군.

"나와 내 계약자에게 이 서열에 있을 자격이 없다고 말할 셈이냐?"

—천만에. 네 계약자는 탁월하다. 서열전을 지켜본 세월이 얼만데 실력 하나 못 알아볼까? 저 탁월한 재능은 척 보면 알 수 있지.

가미진은 휴먼의 진영에서 지휘를 내리는 이신을 응시하며 말을 이었다.

—상대가 좋지 않았다고 말해주고 싶군. 너도 보지 않았나? 한니발은 확실하게 이기지만 네 계약자는 아슬아슬하게 이기는 걸.

"……."

그 지적에는 그레모리도 할 말이 없었다.

그녀도 이신과 함께하면서 그의 수준 높은 서열전에 안목이 높아졌다.

오늘의 승부는 2승 2패로 팽팽하지만 내용은 그리 비등하지 못했다.

한니발은 자신이 계획한 확고한 필승 전략으로 승리를 거두는 데 반해, 이신은 위험천만한 싸움을 했다.

어려운 상황을 헤쳐 나가는 솜씨는 감탄이 나올 정도이지만, 근본적으로 어려운 상황에 빠진다는 게 좋은 징조가 아니었다.

'확실히 상대가 좋지 않았을 수도.'

차라리 나폴레옹이나 알렉산드로스와 겨루는 편이 더 나았을지도 모른다는 생각이 들었다.

"그래도……."

그녀가 문득 입을 열었다. 사랑스러운 눈빛으로 이신을 바라보며 말을 이었다.

"그가 이길 수 있다고 확신하면, 난 믿을 수밖에 없어."

*　　　*　　　*

2승 2패.

5차전.

이제는 서로에 대해 파악이 끝났으며, 어떻게 상대해야 하는지 피차 확신을 갖게 된 시기였다.

이신은 언제나처럼 콜럼버스를 정찰에 내보냈다.

어쩌면 대결 내내 가장 위험한 곳에 있었던 사람이 바로 콜럼버스였다.

재빨리 한니발의 본진에 들어간 콜럼버스는 체제를 확인했다.

"이번에도 헬하운드를 소환하고 있습니다. 곧 나오겠는데요?"

정찰에 이골이 난 콜럼버스는 헬하운드가 소환 완료될 시기까지 꿰고 있었다.

물론,

'6초 안에 나온다. 슬슬 물러나.'

이신은 더 정확했지만 말이다.

2초간 더 둘러본 콜럼버스는 남은 4초 동안 본진에서 빠져나왔다.

아니나 다를까, 6초가 지났을 때 헬하운드 6마리가 튀어나왔다.

"진짜 회중시계라도 들고 계시나?"

콜럼버스는 정확히 예언한 시간에 나타난 헬하운드들을 보며 휘파람을 불었다.

이윽고 콜럼버스는 중앙 지역까지 도망쳤다가 다시 방향을 돌렸다.

다시 한번 한니발의 진영을 염탐해 볼 생각이었다.

그런데 정찰을 철저히 차단하는 헬하운드들의 움직임이 심상치 않았다.

5마리가 서로 10미터 간격을 유지한 채로 콜럼버스를 마크하는 포메이션.

블링크로 이동할 수 있는 거리가 10미터임을 정확히 아는 대처였다.

마비침으로 따돌린다 해도 즉각 다른 헬하운드가 커버할 수 있는 대형에 콜럼버스는 고개를 저었다.

"안 되겠습니다."

'무리할 필요 없다. 그냥 돌아와. 1마리가 비는데 이쪽에 정찰 오는 것 같다. 중간에 마주칠 수 있으니 주의해.'

"옛!"

예언대로 헬하운드 1마리가 콜럼버스가 돌아오는 길에 대기하고 있었다.

뒤에서도 5마리가 일제히 뛰어오면서 콜럼버스를 사냥하려 들었다.

"읏! 위험한데?"

콜럼버스는 눈앞의 1마리에게 마비침을 쐈다.

휙!

그러나 헬하운드는 놀라운 몸놀림으로 마비침을 피했다.

예사롭지 않은 움직임을 보니, 사도가 틀림없었다.

콜럼버스는 블링크를 써도 위험할 수 있겠다 싶어 등골이 서늘해졌다.

그런데 그때였다.

쉬익— 콱!

"크릉!"

멀리서 날아온 화살에 어깨를 맞은 헬하운드가 몸서리를

쳤다.

그 틈을 타 콜럼버스는 꽁지가 빠져라 튀었다.

퓻!

그 와중에 마비침을 1발 더 쏴서 1초간 마비시키는 것도 잊지 않았다.

헬하운드 사도는 어깨에 박힌 화살을 물어서 뽑았다.

어깨의 상처가 빠른 속도로 아물었다.

그 헬하운드 사도의 특수 능력은 빠른 회복이었다.

"크르릉……."

화살이 날아온 곳을 노려보았다.

불꽃같은 한 쌍의 눈이 노려보는 곳에는 로호샨이 서 있었다.

로호샨이 지시를 받고 아슬아슬한 타이밍에 콜럼버스를 마중 나온 것이었다.

로호샨과 콜럼버스는 함께 본진까지 후퇴했다.

그 뒤에도 한니발의 헬하운드는 계속 이신의 진영 인근을 꼼꼼히 살피며 콜럼버스가 정찰하러 나오지 못하게 체크했다.

"휴, 놈들이 점점 철두철미해지는데."

콜럼버스가 고개를 절레절레 내저으며 투덜거렸다.

"우리를 상대하는 데 익숙해졌다는 뜻이지."

로호샨이 대꾸했다.

3차전 때 그리핀 편대를 이끌고 활약한 로흐샨은 한니발을 상대하는 게 얼마나 힘든지 체감했다.

이기는 건 그렇게 힘들었는데, 그 뒤 4차전에서 지는 건 너무 쉬웠다.

부디 자신들의 주군이 한니발을 이길 확실한 비책을 세웠기를 바랐다.

그때, 콜럼버스는 이신의 명령을 받았는지 본진 한쪽에 건축물을 짓기 시작했다.

로흐샨은 그게 어떤 건물인지 알 수 있었다.

'특수 병영?'

평소보다 빠른 타이밍에 지어졌기 때문에 로흐샨은 의아해했다.

아마도 이신에게 새로운 생각이 생겼으리라 싶었다.

제2장

인정

일찍 지어진 특수 병영에서 공병이 소환되었다.

공병은 소환되자마자 투석기를 제작했다.

투석기 제작이 완료되는 타이밍에 맞춰서 석궁병, 장창병, 방패병도 꾸준히 소환.

투석기가 완성되자 이신은 즉각 병력을 출진시켰다.

진영 밖으로 길목을 따라 넓은 중앙 지역으로 나오니, 마물들이 이미 대기하고 있었다.

이미 유리한 위치를 차지하고 있었던 한니발은 마물들을 세 부대로 나눠서 정면과 좌우에 각각 배치해 놓은 상태.

이신의 군대가 밖으로 나오는 순간, 삼면에서 덮쳐 박살 낼 태세였다.

물론 이신은 밖으로 나가지 않았다.

4차전까지는 마법사의 화력을 믿고 과감하게 한니발이 기다리는 곳으로 치고 나왔을 테지만, 지금은 그럴 필요가 없었다.

분해해서 끌고 온 투석기를 선두에 전진 배치하여서 다시 조립했다.

조립을 마친 투석기는 마물들에게 바위를 쏘았다.

쿠웅!

"케엑!"

독포자꽃 2마리가 바위에 짓이겨져 죽었다.

그제야 마물들은 투석기의 사거리 밖으로 물러났다.

마물들이 물러난 곳으로 이신의 병력들이 대신 차지하여서 진형을 넓은 지역에 맞게 재정비했다.

병력이 자리 잡자, 다시 투석기를 분해하고는 좀 더 전진 배치하여서 다시 조립!

그렇게 야금야금 마물들을 쫓아내며 한 발씩 전진하는 이신.

그사이에 투석기 2기가 더 완성되었다.

그 투석기 2기도 추가로 전진 배치하여서 중앙 지역을 한

발 한 발 장악해 나가기 시작했다.

안전 위주의 탄탄한 운영!

투석기의 긴 사거리를 이용해 서서히 전장을 장악해 나가는 휴먼다운 운영이었다.

4차전까지만 해도 투석기 대신 마법사를 앞세워서 공격적인 전투를 했던 이신이 이번에는 안정적인 움직임을 보이자 한니발도 생각이 많아졌다.

'아까까지는 과감하더니 이번에는 안전을 중시하는군. 4차전의 패배가 마음을 흔들었다는 것인가?'

이신이 지금까지 고수했던 방침을 바꿨다는 것은, 위기를 느꼈기 때문일 터였다.

그렇다면 희소식이었다.

한니발은 오히려 아까처럼 과감하고 공격적인 이신이 두려웠다.

신비한 용병술에 치유 능력, 거기다가 마법사의 한 방까지 더해진 이신의 군대는 그야말로 신들린 듯이 싸웠기 때문.

그런데 이신이 그런 흉포한 공격성을 버리고 안전하게 나와주니, 오히려 한니발도 마음이 편했다.

'그렇다면 나폴레옹 때와 같은 방식으로 상대해 주면 되겠군.'

한니발은 투석기를 전진 배치시키며 중앙 지역을 야금야금 장악해 나가는 이신을 그냥 내버려 두었다.

대신 마물 병력을 꾸준히 모으며, 승부를 볼 타이밍을 기다렸다.

'투석기를 대거 전진 배치시키면, 본진이 비게 되지. 한 번 배치한 투석기는 다시 이동하는 데 시간이 오래 걸리니까 기회가 온다.'

나폴레옹을 상대로 많이 써먹은 패턴이었다.

휴먼이 투석기를 대거 전진 배치시켰을 때, 전면전이 아닌 우회 침투로 휴먼의 본진을 직접 치는 것.

한니발의 고유 능력으로 절벽을 넘어 본진을 치면, 전진 배치된 투석기들은 이동성이 약해 본진을 지키러 돌아오지 못한다.

즉, 휴먼은 투석기를 전방에 놔두고 병영 병력만 가진 채 본진을 지켜야 하는 상황이 되는 것이다.

당연히 휴먼에게 심대한 타격을 줄 수 있고, 그 뒤에는 압도적인 우세로 승기를 굳힐 수 있다.

나폴레옹도 한니발의 이 고유 능력 탓에 크게 고생을 했었다.

투석기를 전방에 배치하면 본진이 위험해지고, 그렇다고 본진에 투석기를 좀 남겨놓자니 전력이 분산되어서 마물 대군에게 밀리고 만다.

아니나 다를까.

이신은 한니발의 바람대로 투석기들을 대거 전진 배치시키기 시작했다.

중앙 지역을 장악한 후에 기회를 봐서 단번에 한니발의 진영까지 치고 들어가 숨통을 조이겠다는 의도일 터.

한니발은 침착하게 기회를 노렸다.

그의 마물 대군이 우회 루트를 통해 이신의 본진으로 접근했다.

곳곳에 배치된 투석기의 사거리와 시야를 피해 은밀히 침투한 마물 대군은 이윽고 이신의 본진에 절벽 하나를 사이에 두고 접근하는 데 성공했다.

'바로 지금!'

한니발은 망설임 없이 총공격을 감행했다.

[계약자 한니발 바르카님께서 고유 능력을 사용합니다. 300마력이 소모됩니다.]

[50마리의 마물이 절벽을 건넙니다!]

[6마리의 마물이 절벽을 건너다가 추락사했습니다.]

독포자꽃 25마리와 헬하운드 20마리, 그리고 엔트 5마리가 일제히 절벽을 넘었다.

그중 6마리가 추락사해 버렸지만, 나머지 44마리는 무사히 이신의 본진에 들어가는 게 성공했다.

그런데 그때였다.

전방에 배치되어 있던 이신의 투석기들이 일제히 분해되었다.

그리고 분주하게 이동하기 시작했다.

마치 한니발이 침공해 오기를 기다렸다는 듯한 일사불란한 대응이었다.

일단 본진을 지키고 있는 투석기는 3대.

바리케이드처럼 심시티 된 건물들로 보호되어 있지만, 이 정도는 한니발의 마물 군단에게 그리 큰 장애가 아니었다.

하지만 재배치된 투석기들이 본진 절벽 쪽에 붙어서 절벽 너머로 바위를 쏘자 이야기가 달라졌다.

바깥에서 본진 안으로 투석기들이 바위를 쏘기 시작한 것이었다.

'이건?'

한니발은 순간 당했다는 생각이 들었다.

본진에 침투한 마물들이 사방에 배치된 투석기들에게 난타당하는 상황이 되어버린 것이다.

한니발의 생각은 단순했다.

전방에 배치된 투석기들은 시간 내에 본진을 지키러 돌아오지 못한다는 생각이었다.

그런데 이신의 생각은 보다 입체적이었다.

굳이 본진까지 되돌아가지 않아도, 투석기의 사거리가 본진 내부까지 닿을 만한 포인트를 다 파악하고 있었다.

한니발이 침투해 오자 그 포인트로 투석기들을 옮겼을 뿐이었다.

그 결과.

콰앙! 꽝!

사방에서 빗발치는 바위 세례에 마물들이 피떡이 되어버렸다.

잔존한 마물들 역시 병영에서 새롭게 소환된 병사들에 의하여 정리되었다.

심각한 패전!

'위험하다!'

전투에서 대패하는 바람에 한니발은 다급해졌다.

병력의 균형이 급격하게 이신의 우세로 기운 것이다.

좀 더 시간을 벌어야 했다.

마물 병력이 다시 모일 때까지 버텨야…….

[적의 습격을 받았습니다!]

[적의 습격을 받았습니다!]

갑자기 사방에서 경보가 울려 퍼졌다.

'벌써!'

이신은 폭풍처럼 움직였다.

한니발의 마물들이 본진을 침공했을 때, 이미 이신은 석궁병+장창병+방패병으로 구성된 병영 병력을 한니발의 진영으로 진격시킨 상태였다.

본진에 침투한 마물들은 투석기만으로 막아낼 수 있다는 계산이었다.

그 계산은 정확히 들어맞았다.

이신은 한니발의 공격을 별 피해 없이 막아냈지만, 한니발은 병력도 많이 잃은 상태에서 2곳을 동시에 습격받은 터라 제대로 대응하지 못했다.

거기다가…….

[적이 출현했습니다.]

열기구 1척이 홀연히 한니발의 본진에 나타났다.

거기서 장창병 8명의 특공대가 내려서 마력석을 채집하던 클로들을 습격했다.

본진까지 도합 3곳 동시 타격!

이신은 단 한 번의 역습으로 한니발의 모든 진영을 쑥대밭으로 만들어버렸다.

적의 공격을 받음과 동시에 역습 개시!

2곳을 치고서 연이어 열기구까지 동원해 본진까지 총 3곳 동시 타격!

이게 즉흥적인 판단으로 감행된 공격이라면 실로 대단한 천재였겠지만, 그러기에는 너무 치밀했다.

'열기구까지 미리 준비한 걸로 보면 미리 계획된 반격이었다. 본진에 침투한 내 병력을 역으로 처부술 자신이 있었던 거야.'

아니, 지금 생각해 보니 전진 배치되었던 투석기들의 위치도 절묘했다.

투석기들의 사거리를 피해 본진에 접근할 수 있는 루트는 하나밖에 없었다.

이신이 일부러 열어준 침공 루트였다.

거기로 침투를 감행했던 한니발은 결국 이신의 함정에 빠졌다. 사방에서 투석기가 날린 바위에게 얻어맞아 대패!

한마디로 투석기를 제작하여서 배치할 때, 이미 이 모든 걸 계획하고 있었다는 뜻이었다.

'이 정도의 치밀함이라니?!'

그게 전부 계획이라면…….

'내가 본 최고의 서열전 천재다.'

결국 한니발은 패배를 선언했다.

3—2.

다시 이신이 1승 앞서나가게 된 셈이었다.

물론 6차전에서 한니발이 설욕하면 또 원점으로 돌아온다.

하지만 이 5차전의 결과는 보다 큰 의미가 있었다.

1차전과 3차전은 이신의 승리였지만, 반대로 한니발이 이겼어도 이상하지 않았던 위태로운 승리.

하지만 5차전은 달랐다.

그야말로 한니발의 완벽한 패배였다.

한니발은 초조함을 느꼈다.

'먼저 공격하지 않았더라면 이길 수 있었을까?'

아쉬움 하나 남지 않은 패배.

5차전에서 이신은 어쩐지 필승 패턴을 터득했다는 느낌이 들었다.

'어려운 싸움이 되겠구나.'

한니발은 불길한 예감이 들었다.

* * *

불길한 예감은 적중했다.

하지만 그 원인은 한니발이 자승자박으로 이신에게 말려든 결과였다.

6차전.

한니발은 마룡을 주력으로 모았다.

투석기는 지대공 공격을 할 수 없으므로, 마룡을 주력으로 하면 쉽사리 이길 수 있다고 생각한 것이었다.

그 결과는?

3차전의 재판이었다.

미리 정찰로 한니발의 마룡 체제를 파악한 이신은 그리핀을 주력으로 삼은 것.

그리핀 편대는 한니발의 마룡 편대를 가지고 놀다시피 하며 제공권을 틀어쥐었다.

한니발의 마룡 편대는 그리핀 편대에게 유린당하기도 바빴다.

이신은 그리핀 편대로 한니발을 계속 요리하는 한편, 투석기도 꾸준히 모아서 지상군을 진격시켰다.

그리핀 편대의 활약에 힘입어 전진한 이신의 지상군은 투석기가 유리한 위치에 자리 잡자 승기를 거머쥐었다.

결국 한니발은 또 패배를 선언하는 수밖에 없었다.

2승 4패.

비등하던 대결의 균형이 무너지기 시작한 순간이었다.

이제 가미진과의 마력 총량 차이도 얼마 남지 않게 된 그레모리는 다시 한번 도전했다.

"이게 마지막 승부일 겁니다."

이신은 그레모리에게 그렇게 장담을 했다.

승부 감각이 천부적인 이신은 6차전에서 이미 한니발이 무너졌음을 확신했다.

5차전에서 이신의 함정에 완전히 걸려들어 대패를 하는 바람에, 한니발은 생각에 혼란이 와서 6차전에서 마룡으로 제공권을 장악해 투석기를 처리한다는 단순한 생각을 하고 말았다.

그 결과 이신은 그리핀 편대로 제공권을 장악하여서 한니발을 유린했고 말이다.

쉽게 설명하자면, 한니발은 이제 이신에게 말린 상태였다.

한니발 자신도 그걸 알면서도 7차전에 임해야 했다.

도전을 피할 수는 없었으니 말이다.

그렇게 시작된 7차전.

자신감이 넘치는 이신은 이번에는 기사+마법사라는 이색적인 조합을 꺼냈다.

기사단이 말을 타고 빠르게 누비고 다니며 적을 유린하고, 마법사를 수비용으로 남겨놓아서 한니발의 역습에 대비한다는 개념이었다.

이것은 아주 잘 먹혀들었다.

이신은 발빠른 병력을 아주 잘 다뤘는데, 기사단도 그중 하나였다.

기사단은 곳곳을 기습하고 다니다가도, 한니발의 공격을 받으면 재빨리 되돌아와서 수비까지 가담했다.

수비용으로 남겨진 마법사도 마물이 들이닥칠 때마다 파이어 스톰으로 활약했다.

분위기 전환을 꾀하고자 일부러 시종일관 맹공을 펼쳤던 한니발은 모든 공격이 다 막히자 한숨을 내쉬었다.

'졌구나.'

변명이 필요 없는 패배였다.

[악마군주 가미진님의 계약자 한니발 바르카님께서 패배를 선언하셨습니다. 악마군주 그레모리님의 승리입니다.]

[악마군주 그레모리님께서 마력 5만을 획득하셨습니다.]

[마력 총량 3,186,330으로 악마군주 그레모리님께서 서열 5위가 되셨습니다.]

[마력 총량 3,131,600으로 악마군주 가미진님께서 서열 6위가 되셨습니다.]

이신이 거인 한니발을 일대일 실력 승부로 쓰러뜨린 순간이었다.

이것은 지금까지 단체전에서 재미를 보며 승승장구했던 것과는 전혀 다른 파장을 불러일으켰다.

*　　　*　　　*

장장 7차례에 걸친 대결이었다.

기어코 이신은 한니발을 꺾고 서열 5위로 뛰어올랐다.

그리고 서열이 역전되자 악마군주 가미진은 한니발의 뜻을 반영하여 도전을 포기했다.

한니발이 패배를 인정하고 물러나기로 한 것이었다.

한니발은 떠나기 전에 이신에게 물었다.

"내가 왜 진 것 같은가?"

"전장 선택을 잘못했습니다."

"전장이?"

"제7 전장 오린은 투석기를 쓰기 좋은 전장입니다."

"……."

한니발은 한 방 먹은 표정이 되었다.

너무나 기본적인 사실이었는데 여태껏 깜빡하고 있었던 것이다.

이신은 어깨를 으쓱했다.

"피차 생각이 너무 많았던 것 같습니다."

"그랬던 것 같군."

한니발은 이신의 기동성을 꺾기 위하여 지형이 들쑥날쑥한 오린을 택했는데, 사실 이 오린은 크기가 작고 지형이 복잡해 사거리가 긴 투석기를 쓰기가 아주 좋았다.

이신도 뒤늦게 이 사실을 깨닫고 기본으로 돌아와 5차전부터 연승을 거둘 수 있었다.

"우리가 도전한다면 어떤 전장을 선택할 생각인가?"

이미 끝난 승부였지만, 한니발은 시험 삼아 이신에게 물었다.

이신은 웃으며 답했다.

"오린."

"역시 그렇군."

껄껄 웃은 한니발은 이신의 어깨를 툭 치고는 작별을 고했다.

그렇게 악마군주 가미진과 한니발은 서열 6위로 하락한 채 물러났다.

영원한 승자도 영원한 패자도 없는 끝없는 서열전이므로, 언젠가는 다시 맞닥뜨릴 날이 있을 터였다.

아무튼 그렇게 이신이 한니발을 꺾은 소식이 마계에 널리 알려졌다.

그것은 새로운 강자의 탄생을 알리는 소식이었다.

서열전 단체전이 생겨나면서 그 수혜를 받아 급부상한 정도로만 알려졌던 이신이었다.

그 이전에도 연승 행진을 거듭했던 이력이 있으므로 어느 정도 실력이 있음은 인정하지만, 최상위 서열권에 낄 정도는 아니라는 것이 그동안의 편견이었다.

10위 안에 있는 최상위권 계약자들이 단체전의 요령을 터득하면 곧 격파당할 거라고 내다보는 시각이 대부분이었다.

그런 이신이 한니발을 일대일로, 그것도 7차전에 걸쳐서 꺾었다는 소식은 반전이었다.

운만이 아니라, 상승세를 뒷받침해 주는 이신 자신의 실력이 생각보다 훨씬 탄탄했던 것이다.

한니발을 이길 정도의 실력에 단체전까지 잘하니, 이만하면 최상위권에 오랫동안 군림할 강자였다.

하지만 이신의 승리보다 더 마계를 떠들썩하게 만든 소식은 따로 있었다.

바로 마계의 정상을 놓고 다툰 전쟁에 대한 이야기였다.

*　　　*　　　*

'12시를 칠 테니 넌 적의 지원을 막도록.'

'그렇다면 저 1시 다리를 장악하는 게 최선이지. 저 지점만 장악하면 우리가 이긴 것이나 다름없소.'

'그럼 어서 장악해!'

'성질도 급하시군.'

드워프의 군대가 1시로 진격했다.

1시에 본거지를 둔 휴먼도 이에 맞서 병력을 전진 배치해 방어선을 이루었지만, 드워프는 드워프 도끼병이 앞장서서 정면 돌파를 감행했다.

슈슉!

달려드는 드워프 도끼병들을 향해 투석기들이 바위를 쏘았다.

퍼억! 쿠우웅!

"크윽!"

"으아악!"

강인한 드워프 도끼병들도 날아오는 집채만 한 바위를 견뎌낼 재간은 없었다.

하지만 드워프 도끼병들이 투석기에게 얻어맞는 동안, 뒤따르는 대포들이 무사히 자리를 잡고 발포 준비를 마쳤다.

'발포!'

퍼퍼퍼퍼펑—!!

대포들이 불기둥을 줄줄이 내뿜었다.

이에 질세라 휴먼도 투석기가 다시 바위를 쏘았다.

엄청난 화력전이었다.

투석기와 대포가 연이어 파괴되었다.

드워프는 계속 밀어붙였다.

대포가 속속히 도착해서 포격전에 합류했다.

휴먼도 투석기를 계속 합류시켰지만 특유의 분해·재조립 과정 때문에 드워프의 대포보다 참전이 느렸다.

물량 회전!

결국 순간적인 화력의 집중이 뛰어난 드워프가 화력전에서 우세를 나타냈다.

휴먼은 어쩔 수 없이 후퇴.

대포의 사거리 바깥에 새로 증원한 투석기를 배치하며 방어선을 다시 꾸리는 수밖에 없었다.

상당히 냉정하고 정확한 판단이었지만, 그만큼 전황이 불리하다는 뜻이었다.

결국 방어선 1선이 드워프로 인하여 장악당했다.

1시의 휴먼 진영으로 진입하는 거대한 다리가 드워프들에 의해 장악당한 것.

'장악을 완료했소.'

'좋아, 그럼 12시는 무방비다!'

마물 대군이 12시로 줄지어 돌격했다.

12시는 1시 휴먼의 마력석 채집장이 있었다. 휴먼의 전력을 지탱해 주는 생명줄이나 다름없는 마력 공급처였다.

휴먼은 12시를 지키고 싶어도 병력을 보낼 수가 없었다.

진입로인 다리를 드워프에게 방금 장악당했기 때문이었다.

척척 맞는 마물과 드워프의 호흡!

그러나 휴먼에게도 우군은 있었다.

남쪽에서부터 또 다른 마물 군세가 거침없이 북상해 온 것.

거기다가 1시의 휴먼도 열기구를 동원했다.

열기구 2척이 12시 인근에 투석기 4기를 내렸다.

투석기 4기가 공병들에 의해 재조립되었고, 곧 12시를 침략한 마물들을 향해 바위를 쏘았다.

결국 12시를 침략한 마물은 측면의 휴먼과 남쪽에서 올라오는 마물 군세에게 협공당하기 전에 물러나는 수밖에 없었다.

'흥, 질긴 목숨이군.'

'역시 나폴레옹이오. 그세 상황에 맞게 방어선을 재구성하다니.'

그랬다.

1시의 휴먼은 바로 나폴레옹.

그리고 12시를 공격했다가 물러난 마물은 알렉산드로스였다.

'그래도 그 다리를 장악하고 있는 한 우리가 유리하다.'

'저쪽도 그걸 알고 있나 보오. 마물들이 이쪽으로 오고 있소. 저쪽 마물도 상당히 잘하는데?'

12시를 구하러 달려왔던 마물 군세가 방향을 돌려 1시 앞 다리를 장악한 드워프 병력에게 달려들었다.

타이밍 맞춰 나폴레옹도 기사단을 동원하여서 공격했다. 양방향 협공으로 드워프들을 몰아내고자 함이었다.

'어림없다!'

잠시 물러났던 알렉산드로스도 1시로 달려왔다.

4종족이 뒤엉킨 대혈전이 펼쳐졌다.

뒤엉켜 싸우는 틈에, 나폴레옹은 대포의 사거리 밖으로 물렸던 투석기들을 다시 전진시켰다.

하지만 드워프는 기사단과 마물 군세에 뒤엉켜 싸우는 와중에도 그것을 놓치지 않았다.

'전 대포, 투석기를 향해 일제히 발포한다!'

드워프의 대포 화력이 일제히 투석기에게 집중되었다.

퍼퍼퍼퍼펑!!

콰지직! 우지끈!

투석기들이 재조립되기도 전에 포격에 얻어맞아 분쇄되었다.

기시단과 헬하운드·독포자꽃 부대가 눈앞에서 설치는데

도, 모두 무시하고 오직 투석기를 일점사한 것이었다.

그 빛나는 순간적인 결단이 싸움의 승기를 결정했다.

추가로 소환된 드워프의 증원 병력이 합류하면서 싸움은 삽시간에 알렉산드로스 측으로 기울었다.

결국 나폴레옹 측은 다리 봉쇄를 돌파하는 데 실패했다.

육로가 막히자 나폴레옹은 열기구를 동원하여서 병력을 계속 밖으로 실어 나르며 분전을 펼쳤다.

하지만 육로로 자유롭게 움직이는 알렉산드로스 측보다 빨리 움직이기란 불가능했다.

소극적으로 방어에 전념할 수밖에 없게 된 나폴레옹 측.

알렉산드로스와 드워프는 중앙 지역을 장악하고서 승기를 굳히기 시작했다.

중앙 지역을 장악했다는 것은 전력 집중이 유리해졌다는 뜻이었다.

중앙을 장악하자 전 지역이 공격 범위였다.

반면 나폴레옹 측은 모든 지역을 방어해야 하는 처지.

결국 곳곳을 공격받은 나폴레옹 측은 점점 불리해졌고, 이윽고…….

[악마군주 아가레스의 계약자 나폴레옹 보나파르트님께서 패배를 선언하셨습니다.]

[악마군주 안드로말리우스의 계약자 오운님께서 패배를 선언하셨습니다.]

"좋았어!"

알렉산드로스가 승리의 기쁨에 흥분하여 소리쳤다.

승리에 가장 큰 기여를 한 드워프의 계약자도 빙긋이 웃어 보였다.

나폴레옹과 오자서는 패배의 후유증을 추슬러야 했다.

모든 역량을 쏟아부은 치열한 승부였다. 하지만 결국 졌으니 노력했던 만큼 패배의 허무함도 컸다. 하지만 이 기분을 추스르지 않으면 다음 대결에 지장이 간다.

"정말 곤란한 콤비로군."

나폴레옹이 중얼거렸다.

그는 알렉산드로스의 장단점을 잘 알았다.

큰 전투에 강하고 한 번 승기를 잡았을 때 끝없이 몰아칠 줄을 안다. 순간적인 전술적 센스도 뛰어나서 불리했던 전투가 뒤집히는 경우도 번번이 있을 정도. 때때로 창의적인 전법도 펼친다.

그러나 전략적 요충지가 될 만한 포인트를 잘 모른다는 것.

가시적으로 드러나는 가치는 없지만 전쟁 내내 지속적으로 영향을 주게 되는 지점을 파악하는 데 서툴렀다.

고대 시절 무장에게 주로 드러나는 단점인데, 한두 차례의 회전으로 승부를 내는 데 익숙하기 때문이었다.

그런데 지원자로 등장한 저 남자가 그 단점을 메워 버렸다.

12시 마력석 채집장을 치겠다는 생각은 알렉산드로스가 했을 테고, 1시 앞 다리를 장악하겠다는 판단은 저 남자가 했음이 틀림없었다.

12시 공격은 막았지만, 1시 앞 다리를 장악당한 것이 컸다.

저 남자가 지휘하는 드워프는 그 지점의 중요성을 알기 때문에 적이 양방향에서 몰려와도 물러나지 않았다.

'거기다가 투석기를 집중 포격한 센스. 그것만 아니었으면 이길 수 있었다.'

나폴레옹의 시선을 느꼈는지 그 남자도 이쪽을 바라보았다.

"좋은 승부였소. 기대했던 대로 재미있군."

"동감입니다만 진 쪽은 기분이 복잡해지죠."

"하하, 하긴 나라도 그렇겠구려."

나폴레옹의 장난 섞인 투정에 남자는 유쾌하게 웃었다.

하지만 알렉산드로스는 별로 유쾌하지가 않은 모양이었다.

"이봐! 꾸물거리지 말고 어서 다음 서열전을 계속하자고!"

신경질을 내는 알렉산드로스.

이겼음에도 심기가 불편한 이유는 간단했다.

아까부터 나폴레옹 측은 마력을 서열전 단체전의 최저치인

2만씩만 베팅하고 있었던 것이다.

1, 2차전은 10만씩 최대 베팅을 했지만, 그 뒤로는 최저 베팅을 유지하며 끝없는 장기전을 반복하고 있었다.

왜냐하면 단단히 준비하고 나타난 알렉산드로스와 저 남자의 협력을 이기기 어렵다고 판단했기 때문.

나폴레옹은 알렉산드로스 측이 지칠 때까지 계속 싸울 요량으로 최저 베팅으로만 싸웠다.

알렉산드로스도 어디 한번 누가 먼저 지쳐 나가떨어지나 해보자며 오기로 계속 도전을 하고 있었다,

그리고 마침내 나폴레옹이 기다렸던 것이 왔다.

서열 4위의 악마군주 파이몬이 별안간 전장에 나타난 것이다.

악마군주 파이몬은 알렉산드로스의 지원자로 온 저 남자의 악마군주였다.

"응? 무슨 일이오?"

남자는 자신의 악마군주가 나타나자 의아함을 표했다.

―가미진과 그레모리의 서열전이 방금 끝났다.

그 말에 모든 계약자와 악마군주의 시선이 파이몬에게 쏠렸다.

―서열 5위의 악마군주는 이제 가미진이 아니다.

"한니발이 졌다고?"

알렉산드로스가 놀라움을 표했다. 한니발은 그도 인정하는 강자였던 까닭이다.

"전적이 어떻게 됩니까?"

나폴레옹이 물었다.

—7번을 싸워서 2번을 이기고 5번을 졌다고 하더군.

모두가 놀라는 와중에 파이몬의 말이 이어졌다.

—단체전이 아니었다.

그게 결정적이었다.

알렉산드로스를 돕던 남자는 안색이 변했다.

"일대일로 한니발을 압도해? 그럼 내가 지금 이러고 있을 때가 아니잖아!"

서열전 단체전으로 도전을 해온다면 피도전자에게 사흘의 시간이 주어진다.

하지만 단체전이 아닌 그냥 일대일 서열전 방식의 도전이라면, 피도전자에게 여유 시간 따위는 없다.

이신이 언제 도전할지 모르니, 남자로서는 냉큼 돌아가 준비해야 했다.

"오늘은 즐거웠소. 미안하지만 난 이만 돌아가야겠군!"

남자는 악마군주 파이몬과 함께 전장을 훌쩍 떠나 버렸다.

알렉산드로스의 지원자는 그렇게 가버렸다.

나폴레옹은 미소를 지었다.

"계속할 텐가?"

"이걸 기다렸구나. 약아빠진 놈."

"그 친구가 이길 줄 알았지."

나폴레옹은 코웃음을 치며 말을 이었다.

"그리고 치사한 게 누군데? 내가 저 사람의 팬이라는 걸 알면서 지원자로 불렀겠지?"

알렉산드로스는 더 대꾸를 하지 않았다. 신경질을 내며 전장을 떠나 버렸고, 결국 악마군주 바알이 도전을 포기하면서 서열전이 종료되었다.

악마군주 아가레스와 계약자 나폴레옹은 서열 1위를 지키는 데 성공했다.

하지만 오늘 승부의 결과는 2승 4패.

3연패를 하던 와중에 중단된 터라 나폴레옹으로서는 한숨 돌린 셈이었다.

제3장

대왕

어린 시절을 장식했던 아버지의 폭력과 학대는 지금 돌이켜도 진저리가 쳐졌다.

아버지가 지옥에 있다는 소식을 들었을 땐 냉소밖에 나오지 않았다. 당연하지만 구제할 생각도 없었다. 다 죗값을 치르는 합당한 과정이 아닌가?

철학과 예술을 사랑하게 된 것은 야만인인 아버지에 대한 반발이었는지도 모른다.

'그때는 내가 이렇게 될 줄 몰랐지.'

악마군주의 계약자가 되어 끝없는 전쟁을 하게 된 현실.

감수성 넘쳤던 어린 시절의 자신으로서는 상상도 못 했을 일이었다.

나쁘지는 않았다.

악마들이 사는 이곳에도 그가 좋아하는 예술과 학문이 있었다.

그와 계약한 악마군주인 파이몬도 예술과 과학에 능통했다.

간혹 신기하기 이를 데 없는 음악을 작곡하여서 악보를 선물하기도 하였는데, 그 악보를 보면 참을 수 없어서 완주할 수 있을 때까지 플루트에 매달리곤 했다.

정말인지 시간 가는 줄도 몰라서 수십 년씩 한 곡에 매달린 적도 있었다.

'그리고 서열전이란 것은 참 오묘하단 말이지.'

군대를 길러 전쟁을 하고 영토를 얻기까지.

그 과정이 극단적으로 함축된 이 전쟁 방식은 그를 매료시켰다.

아버지는 군대를 키우는 데 평생을 할애했는데, 그 기질을 물려받았음은 부인할 수 없었다.

서열전에 푹 빠져서 보다 효율적으로 강력한 군대를 모으기 위해 건물을 짓는 순서를 계산하는 일에 골몰하는 것이 그의 일과 중 하나였다.

새로운 병과의 조합이 생각나면 시험해 보고 싶어서 당장 모의전을 해봐야 직성이 풀릴 정도였다.

그렇게 수많은 연구를 하여서 무적이라고 할 만한 전략을 창안한 적도 있었다.

하지만 그 무적의 전략도 결국 누군가에 의하여 격파당하곤 했다.

서열 10위 안에 이름을 올리고 있는 계약자들은 그와 마찬가지로 천재들이었기 때문.

그런 경험을 통하여 결국 완전한 전략은 없다는 것을 깨달았다.

상대가 누구이며 어떤 성향을 가졌느냐에 따라 전략도 달라진다.

또한 그 상대가 변하면 거기에 맞춰서 자신 또한 변해야 한다는 것도 알았다.

'조심스럽군. 이번에는 한 번도 상대해 본 적이 없는 계약자이니 말이야.'

아늑한 달밤.

달빛이 은은하게 스테인드글라스를 빛나게 했다.

스테인드글라스에는 전쟁에서 승리한 그의 모습이 위풍당당하게 표현되어 있었다.

넓은 방을 둘러싼 수십 개의 스테인드글라스에는 저마다

살아생전의 그의 일화가 새겨져 있었다.

그리고 마계의 것이라고는 상상되지 않을 정도로 아름다운 선율이 흘렀다. 음악을 기록한 마법 장치가 끊임없이 재생되고 있는 까닭이었다.

그림도 있었다.

유명한 명화를 똑같이 재현한 그림들이 잔뜩 걸려 있어서 눈을 즐겁게 한다.

지상낙원과도 같은 그곳에서 남자는 유심히 테이블 위에 있는 '모형 전장'을 주시했다.

13개의 전장을 똑같이 재현한 축소 모형.

그 위에 휴먼의 병과가 조각된 인형을 하나씩 얹었다.

"10미터까지 공간 이동을 할 수 있는 노예 사도가 하나."

노예 인형이 전장에 얹어졌다.

"여기에 빙의하여서 치유 능력을 발휘할 수 있는 계약자 이신. 빠르고 강력한 용병술도 구사한다지? 그럼 병영 병력을 적극적으로 활용할 수도 있겠군."

석궁병, 방패병, 장창병 등이 전장에 마구 놓였다.

그리고 그 숫자에 맞춰서 드워프의 병사들도 올려졌다.

서로 뒤엉켜 싸우는 모양새를 만든다.

드워프 총수와 드워프 도끼병이 강력한 공격력과 우월한 체력으로 밀어붙인다.

하지만 휴먼 병력은 약하긴 해도 보다 빠르다.

날렵하게 전후좌우로 움직이며 활개를 치리라.

어쩌면 충돌을 피해 우회하여서 본진을 치는 작전도 구사할 수 있다. 이동속도가 더 빠르니 충분히 가능했다.

휴먼 병력이 한 발씩 앞서서 움직이기 시작하면, 드워프로서는 그 뒤를 쫓아다니기 급급한 형국이 될 수 있으므로 좋지 못하다.

'그것을 방지하려면 휴먼의 본진을 직접 위협할 수 있는 지점까지 먼저 병력을 진군시켜야겠군.'

턱밑에 칼을 들이대서 다른 데 한눈팔지 못하도록 말이다.

'여기저기에 동시다발적으로 교전을 일으켜서 혼란을 꾀하기를 즐긴다지?'

알렉산드로스에게 들은 바 있었다. 그의 말에 따르면,

'머리가 여러 개 달린 괴물처럼 많은 일을 동시에 해낸다고 했다.'

복잡한 상황을 만들어 상대를 정신 못 차리게 하는 걸 즐긴다.

이는 상대가 누구든 머리 회전에서 앞선다고 자신하는 태도였다.

'그건 정말 무서운 자신감이군.'

그도 계약자로 지낸 세월이 무척 길었다.

여러가지 일을 동시에 수행하는 능력이 서열전에서 얼마나 유용한지 잘 알았다.

부분적으로 유능한 부하에게 지휘를 맡겨도 되긴 하지만, 계약자가 직접 조종하는 것보다 더 효율적이지 못하다.

지휘 체계가 원활히 작동하지 않으면 부대가 엉망이 되기 때문이다.

지금까지 세계사에서 얼마나 많은 무능한 장군이 멀쩡한 군대를 말아먹었단 말인가.

물론 그도 지휘 체계에 대해서는 자신 있는 부분이 있었다.

'나의 군대는 최고니까.'

이신에게 용병술과 두뇌 회전이 있듯, 그에게도 강력한 무기가 있었다.

바로 잘 훈련된 군대!

그는 자신이 평소 소환하는 드워프들의 이름을 모조리 기억하고 있었다.

병사 하나하나를 일일이 이름을 지목하여서 소환했다.

오랫동안 그의 지휘를 받아왔던 드워프들은 장기간 훈련되어 온 정예나 다름없었다.

즉, 이러한 군대의 훈련 상태로는 이신이 그를 따를 수 없는 것이다.

'내 휘하에서 공을 많이 세워 전역한 드워프들도 많으니까.'

죄를 감할 만큼의 공을 세워서 지옥에서 해방된 것을 그는 전역이라 불렀다.

서로에게 득이 되는 이러한 선순환적인 구조는 그의 지휘 체계를 더욱 강하게 결속시킨다.

내 밑에서 열심히 훈련받고 명령에 잘 따르면, 죄를 감하고도 남을 만한 전공을 능히 세울 수 있다고 서열전 전에 모의전에서 수차례 독려하곤 한다.

그래서 그의 군대는 다른 계약자들의 병력보다 더 사기가 높았다.

이렇게라도 남다른 강점을 키워야 했다.

왜냐고?

'하여간 쓸데없는 고유 능력을 얻어가지고는…….'

그는 고개를 절레절레 내저었다.

아무튼 그는 전략의 큰 틀을 이미 결정했다.

그는 전장 모형 위에 놓인 자잘한 병사 인형들을 전부 치워 버렸다.

그리고 대포 인형을 올려놓았다.

'역시 이것밖에 없다.'

* * *

이신은 오랜만에 원숭환을 불러 모의전을 치렀다.

다음 상대가 드워프이니, 이신과 친분이 있는 가장 뛰어난 드워프 계약자인 원숭환을 부른 것이다.

그런데 그 모의전을 구경하는 사람이 있었다.

구경꾼은 모의전이 끝나자 평을 해주었다.

"너무 수비적이군."

"그렇긴 하오만 그게 단점이 된다고 생각되진 않소."

원숭환은 덤덤히 대꾸했다.

구경꾼, 바로 나폴레옹은 고개를 끄덕였다.

"하지만 연습 상대로서는 적합하지 않지. 그는 그대처럼 수비적이지가 않거든. 오히려 과감하게 기동하는 편이지."

"그건 참고하겠소."

이신도 방금 치른 모의전에 대한 생각을 마친 뒤 나폴레옹에게 뒤늦은 인사를 했다.

"자주 뵙는군요."

"그대는 나의 큰 즐거움 중 하나거든."

"저도 어서 전장에서 만나길 바라고 있습니다."

"그 말은 전부터 자주 들었지만 이제는 꽤나 현실성 있게 들리는군. 벌써 5위니까 말이야."

이신도 새로운 기분이었다.

벌써 5위.

이제 위로 네 사람밖에 없었다.

눈앞에 1위가 있기 때문에, 이신은 한니발을 꺾은 후에도 쉬지 않고 계속 다음 서열로의 도전을 준비하는 것이었다.

"서열전은 잘 치르셨다고 들었습니다."

"잘못 들었군? 낭패를 좀 봤다. 2번 이기고 4번을 졌으니까."

"어쨌든 순위는 유지하신 걸로 알고 있습니다."

"그야 자네 덕분이지. 하마터면 1위 자리를 빼앗길 뻔했어. 알렉산드로스에게 1위를 내주면 피곤해지거든."

전장을 고를 수 있는 피도전자의 권리는 실력자일수록 의미가 컸다.

종족별로 유리한 전장이 있는가 하면, 개인의 스타일상 선호하는 전장도 있으니까.

나폴레옹은 언제나 그 이점으로 알렉산드로스의 도전을 이겨냈다.

하지만 그 이점을 잃는다면 승부는 이제 불투명해지는 것이었다.

"그래서 복수도 할 겸, 자네에게 어드바이스를 해주러 왔지. 날 물먹인 장본인이 바로 자네가 상대해야 할 사람이니까."

"재미있군요."

이신은 알렉산드로스와 그 남자의 조합을 상상해 보았다.

마물과 드워프.

확실히 속도에서는 마물이, 화력에서는 드워프가 나폴레옹의 휴먼을 압도하는 조합이었다.

'초반에는 마물이 얼마나 상대를 잘 흔들고 판을 깔아주느냐가 중요하지만, 뒤에 가면 드워프가 승부의 열쇠를 쥐게 된다.'

이긴 걸로 보아 알렉산드로스가 잘도 주연 자리를 양보하고 조연 역할을 자처한 듯했다.

'승리에 큰 역할을 한 것은 역시 드워프겠지.'

나폴레옹은 투석기 배치나 전선을 짜서 겨루는 데 능했다.

그 능력은 이신도 72악마군주의 축제 때 똑똑히 보았다.

그런 나폴레옹에게 낭패를 주었다니, 역시나 상당한 실력이었다.

"다른 건 됐고, 고유 능력에 대해 알고 싶습니다."

"고유 능력이라, 그게 가장 궁금하겠군."

"예, 이상하게 그 부분에 대해서는 알려진 바가 거의 없더군요."

최상위권 계약자들 같은 강자들에 대한 정보는 많이 알려진 편이었다. 그들이 한두 차례만 서열전을 해본 것도 아닌데, 당연히 알음알음 소문이 날 수밖에 없었다.

그런데 이상하게도 이번에는 알아내기가 쉽지 않았다.

"보통 자기 고유 능력을 잘 활용하는 쪽으로 전략을 구상하기 때문에, 고유 능력만 알아도 그 계약자에 대해 알 수 있는 법이지."

"예, 지금까지도 계속 그래왔습니다."

"하지만 이번에는 다를 걸세."

그 말에 이신은 더욱 궁금해졌다.

"대체 그자의 고유 능력이 뭡니까?"

나폴레옹은 씨익 웃었다.

"알면 재미있을걸. 난 그처럼 멋진 고유 능력을 가진 계약자를 보지 못했으니까."

"……."

이신은 묵묵히 그의 말을 기다렸다.

나폴레옹이 명쾌하게 알려주었다.

"그는 플루트를 아주 잘 연주한다."

"…예?"

"플루트를 아주 잘 다룬다고."

"……?"

이신은 그 말뜻이 잘 이해 가지 않았다,

"플루트를 연주하여서 그 곡에 담긴 감성을 듣는 이의 가슴에 전달하지. 거기다가 한 번 마스터한 곡은 연주할 때 다시는 실수하지 않지."

그제야 이신은 말뜻을 이해했다.

"설마 그게 고유 능력입니까?"

"물론이지. 참고로 전장에서는 전혀 쓸모가 없는 능력이지."

이신은 당혹했다.

이런 경우는 또 처음이었다.

서열전에 전혀 써먹지 못할 고유 능력을 가진 계약자라니.

하지만 돌이켜 생각해 보면 그답다는 생각도 들어서 납득이 갔다.

아마도 역사상 가장 많은 곡을 작곡한 군주였을 테니까.

*　　　*　　　*

서열 4위 악마군주 파이몬의 계약자는 바로 프리드리히 2세였다.

프로이센을 유럽의 강대국으로 발돋움시킨 계몽 군주 프리드리히 대왕 말이다.

프리드리히 2세는 오스트리아 왕위 계승 전쟁, 7년 전쟁, 바이에른 왕위 계승 전쟁을 승리로 이끈 군사적 업적이 있으며 사상과 종교의 자유를 최대한 보장하는 파격 행보로 유럽 각지의 지식인을 불러 모았다.

〈과인은 국가의 첫째가는 심부름꾼이다.〉

그런 명언을 남겼으며 무수히 많은 업적으로 대왕(der Groβe)이라는 호칭을 얻었다.

폭력을 맹신하는 아버지 프리드리히 빌헬름 1세에 대한 반발로 문학과 플루트를 즐긴 감수성의 소유자이기도 하여서, 살아생전에 121곡의 플루트 소나타를 작곡하기도 했다고 한다.

아마도 그러한 취미가 마계에 와서도 이어지면서 고유 능력으로 굳어져 버린 모양이었다.

'플루트를 잘 연주하는 능력이라니.'

서열전에서 사도에게 빙의하여 플루트를 연주하면 군대의 사기가 오른다던지 하는 만화 같은 일은 없는 모양이었다.

서열전에 써먹을 수 없는 고유 능력이라니, 프리드리히 2세 본인도 참 분통이 터졌을 것 같다는 생각이 들었다.

'하지만 그게 단점만은 아니지.'

계약자들은 대개 자신의 고유 능력을 최대한 활용하는 방향으로 전략을 구상한다.

고유 능력을 잘 활용하면 전쟁의 판도가 달라지니 당연한 일.

예를 들면, 한니발은 장애물을 건널 수 있는 능력을 활용하여 초중반에 전력을 집중하여서 총공격을 퍼붓는 스타일이 되었다.

본인이 앞장섰을 때 아군의 공격력이 상승하는 알렉산드로스의 고유 능력도 마찬가지. 알렉산드로스는 시종일관 공격적이다.

나폴레옹도 적을 봉쇄시켰을 때 적의 공격력을 약화시키고 아군의 공격력을 상승시키는 고유 능력이 있다. 그로 인하여 자연스럽게 전선을 구축하며 후반 장기전을 도모하는 스타일이 되었다.

이신은?

두말할 필요도 없이 치유 능력이 있다.

치유 능력은 석궁병·방패병·장창병의 전투력 증강에 큰 기여를 하므로, 이신은 자연히 휴먼답지 않게 초중반부터 적극적으로 나선다.

어찌 보면 지난번 한니발과의 대결에서 4차전까지 고생했던 이유도 그 고유 능력 활용에 치우쳐서 휴먼의 기본 장점을 생각하지 않았던 탓이 있었다.

이게 무슨 뜻이냐 하면, 상대의 고유 능력을 알면 상대의 스타일을 쉽게 추측할 수 있다는 뜻이었다. 더 나아가 주력 병과와 전술 패턴까지도 알아차리고 카운터 전략을 짜기가 쉽다.

하지만 프리드리히 2세에게는 그런 게 없었다.

따라서 무엇을 할지 가장 예상이 안 가는 상대라고도 할 수 있었다.

거기다가 고유 능력은 사용할 때마다 마력을 소모하는데, 이 마력 소모가 양날의 검이 되어서 공격 실패 시 후유증이 커진다.

고유 능력을 사용하지 않는 만큼, 보다 안정적인 운영을 할 수 있다는 뜻이 된다.

"한 시대를 대표하는 슈퍼스타였지요. 남자라면 누구나 동경하는 영웅이었습니다."

사도 중 한 명인 오귀스트 마르몽이 말했다.

살아생전에 나폴레옹의 심복이었던 마르몽은 과거를 회상하듯이 말을 이었다.

"나폴레옹도 베를린에 입성했을 때 가장 먼저 프리드리히 대왕의 묘소에 가서 참배했었지요. 프리드리히 대왕의 검과 회중시계를 손에 넣고서 굉장히 기뻐했던 게 생각납니다."

무리도 아니었다.

철천지원수였던 오스트리아 여왕 마리아 테레지아의 아들 요제프 2세까지도 프리드리히 2세를 존경했다.

러시아의 황제 표트르 3세도 프리드리히 2세를 추앙한 나머지, 즉위하자마자 7년 전쟁에서 프로이센의 공격을 중단해 버렸다. 그 덕에 프로이센은 최악의 위기에서 구원받았고 표트르 3세는 역사를 바꾼 멍청이라는 악명을 얻었다.

'그래도 일단 성향은 뚜렷하니 다행이군.'

프리드리히 2세는 감수성 깊은 어린 시절과 달리 매우 공격적이었다.

요약하자면, 공격은 최선의 방어.

전쟁을 예방하기 위하여 전쟁을 한다는 식이었다.

실제로도 동맹 관계가 급격히 변화하면서 오스트리아, 프랑스, 러시아 3국을 적으로 돌리자, 세 적국에게 둘러싸인 형세를 위태롭게 여겨 선제공격에 나섰다.

그렇게 벌어진 게 바로 7년 전쟁인데, 전략적으로는 내내 불리했으나 격차를 만회하기 위하여 빛나는 전술을 수립해 번번이 대승을 거두어 위기를 모면했고, 결국 앞서 언급한 표트르 3세 덕분에 7년 전쟁의 승자가 되었다.

그때 빼놓을 수 없는 싸움이 바로 로이텐 전투.

바로 이신도 영감을 얻어 게임에서 써먹기도 했던 사선진 전법이 여기서 나왔다.

한쪽 날개를 접고 다른 쪽 날개에 집중하여 적을 격파하는 전법인데, 프리드리히는 우익을 치는 척하다가 은밀히 기동하여서 좌익을 치는 전법을 사용하여서 2배에 가까운 오스트리아 대군을 크게 격파했다.

나폴레옹은 이 전투를 두고 '기동, 작전행동, 결단의 걸작'이라 평하며 '이 전투만으로도 불멸의 명장'이라고 극찬을 아끼지 않았다.

즉, 프리드리히 2세는 더 강대한 적도 필요할 땐 과감하게 공격하며, 적을 속이는 은밀한 기동으로 승리를 따낼 줄 안다고 봐야 했다.

"기동이라……."

이신은 혼잣말처럼 중얼거리며 화두를 던졌다.

이 말뜻을 알아차린 마르몽이 즉각 말했다.

"기동을 중시 여긴다면 프리드리히 대왕이 핵심 전력으로 꼽을 병과는 너무나 명확합니다."

"대포겠지."

역시나 높은 식견을 가진 질 드 레가 정답을 말했다.

이신은 고개를 끄덕였다.

"다른 병과라면 드워프가 아무리 용을 써도 휴먼보다 기동력이 빠를 수가 없다. 공중에서도 폭격기는 그리핀에 비하면 느리기 짝이 없고."

하지만 단 하나.

대포는 투석기보다 기동성이 더 좋았다.

엄밀히 말해 이동속도 자체는 대포가 살짝 더 느리다.

하지만 투석기의 '분해—이동—재조립—발사'의 과정보다 대포의 '이동—발포 준비—발사'가 더 짧았다.

그 같은 딜레이의 차이로 인하여 대포는 투석기보다 더 빠르게 움직일 수 있었다.

순간적인 화력 집중이 더 좋다는 것은, 소위 게임 용어로 '각도기 싸움'에서 월등히 유리하다는 뜻이었다.

아마 나폴레옹도 이런 점 때문에 얼마 전의 서열전 단체전에서 프리드리히 2세에게 물먹었던 것이리라.

"주군, 이번 승부는 아무래도 일전에 겨루었던 원숭환과의 서열전을 참고하는 게 좋을 듯합니다."

질 드 레의 그 의견에 이신은 물론 회의에 참석한 다른 사도들도 동의했다.

서열 16위를 놓고 겨루었던 원숭환은 서열전에서 대포의 이점을 십분 활용하여 화력전을 펼쳤다.

순간적인 화력의 집중에서 투석기는 대포보다 대응이 느렸고, 이로 인해서 정면 대결에서는 이신이 계속 밀리는 양상이 벌어졌었던 것.

그때 이신은 그리핀 편대와 열기구에 태운 마법사를 활용한 교란 작전으로 끊임없이 후방을 흔들어 승리를 거두었다.

다만 평범한 지상전 화력 대결이 된다면 휴먼이 드워프보다 불리하다는 사실을 명확하게 재확인시켜 준 서열전이었다.

"허를 찌르는 기동으로 유리한 고지를 먼저 차지한다면 모를까, 상대가 그 대왕이라는 점을 감안하면 투석기를 주력으로 사용하는 것은 전략적으로 불리함을 가진 채 싸움에 임하는 것이나 다름없습니다."

공병 병과로 투석기를 다루는 마르몽조차도 그렇게 말했다.

화력전에서 대포를 당해낼 수 없다는 것을 인정한 셈이었다.

마르몽은 '주변 아군의 원거리 공격 명중률 100%'라는 능력을 가지고 있는데, 그럼에도 프리드리히 2세의 드워프를 위협하다고 못 박았다.

"그럼 원숭환 때처럼 정신 못 차리게 여기저기 들쑤시고 다니죠? 아무리 실력이 좋은 상대여도 주군이 그런 수법을 펼치면 다들 정신을 못 차리던데."

콜럼버스가 가볍게 한마디 했다.

그러자 질 드 레가 반대를 했다.

"그리핀 편대에 투자한다는 건, 지상군 전력 열세를 안고 시작하는 겁니다. 상대가 대공 방어를 잘하면 자연스럽게 이길 수 없게 되어버리는 상황이 만들어지므로, 전략적으로는 옳은 선택이 아닙니다. 한두 판의 서열전으로 끝날 승부도 아닌데, 계속 그런 기교를 무기로 싸울 수는 없습니다."

"그럼 어떡해야 한다는 건데?"

콜럼버스가 투정 부리듯이 물었다.

"우리는 마물처럼 싸워야 합니다, 주군."

질 드 레가 말했다.

"석궁병 등은 드워프 총수보다 약하지만 보다 값싸고 빠릅니다. 이걸 활용하여서 초반부터 적극적으로 상대를 압박하는 게 어떻겠습니까?"

궁병은 너무 약해 드워프 총수와 싸움이 잘 되지 않지만, 석궁병으로 업그레이드가 되면 이야기가 달라진다.

공격력에서 크게 안 밀리고, 이동속도는 훨씬 빠르다.

특히 이신의 치유 능력도 있으므로, 정면으로 맞붙어도 안 진다.

그러니 초반부터 공격적으로 나가서 상대를 압박하고, 그 틈에 마력석 채집장을 늘려서 부유해지자는 개념이었다.

그야말로 마물이 휴먼을 상대할 때 보이는 정석 패턴.

마물을 주 종족으로 삼고 있는 질 드 레이기에 낼 수 있는 생각이었다.

"그렇다면 거꾸로 마물을 상대하는 휴먼의 정석도 생각해 봐야 합니다. 드워프는 웅크리고 수비하다가 대포가 모이면 본격적으로 치고 나올 겁니다. 그럼 초반에 우리가 얼마나 유리하게 시작했든, 중반 이후의 양상은 똑같은 문제에 봉착합니다."

마르몽은 질 드 레의 의견에 반박했다.

이신이 마물을 숱하게 꺾어왔던 그 패턴이 프리드리히 2세에게서 펼쳐진다는 이야기였다.

"그리핀을 최대한 빨리 소환한다면, 드워프의 대포와 같은 타이밍에 확보됩니다. 상대는 그리핀으로부터 대포를 보호하기 위해 드워프 총수를 확보해야 합니다. 그만큼 드워프의 진출을 늦출 수 있죠. 그렇게 되면 그리핀 편대의 숫자를 늘리고 계속 공격하여서 드워프를 방어만 하고 있게 만들 수 있습니다. 그건 주군께서 좋아하시는 필승 패턴 중 하나죠."

마르몽의 의견도 그럴듯했다.

여기에 그리핀 편대를 이끄는 로흐샨도 동의한다.

"그리핀 편대로 제공권을 장악한 뒤에 천천히 상대를 요리하는 건, 주군의 대드워프전의 정석으로 자리매김했습니다. 상대가 서열 4위의 계약자라고 해도 달라질 필요가 있겠습니까?"

"아니, 그리핀 편대의 활용을 반대하는 게 아닙니다. 초반에 유리한 판을 만들어놓으면 선택지가 그만큼 많아지니 굳이 처음부터 그리핀 소환에 집중하여서 가난해질 필요는 없다는 겁니다."

질 드 레가 다시 반박한다.

"그리핀에 석궁병을 태워서 싸웠다가 장창병을 태워 돌격시켜 방심한 드워프 총수들을 박살 내는 계책도 괜찮았습니다."

이존효도 끼어들었다.

권속들의 의견을 모두 듣던 이신은 고개를 끄덕이며 결론을 내렸다.

"다 타당하군."

그럼 전부 다 써먹으면 된다.

어차피 한두 판으로 끝날 서열전도 아니었다.

매번 똑같은 전략만 펼칠 수는 없으니, 지금까지 개진된 의견들을 다 한 번씩 써먹으면 그만이었다.

어쨌거나 이신과 권속들의 열띤 토론은 다양한 전략과 전술을 제시하였다.

게다가 대포의 화력 집중을 할 줄 아는 원숭환이 모의전 상대가 되어 도와주고 있었다.

그 덕에 프리드리히 2세와 싸울 준비가 차근차근 이루어지고 있었다.

제4장

변칙

준비가 모두 끝나고, 그레모리와 이신은 마침내 서열 4위를 향해 도전장을 내밀었다.

상대는 악마군주 파이몬과 계약자 프리드리히 2세였다.

"이제야 만나는군!"

프리드리히 2세가 이신을 보며 손을 흔들었다.

그는 초상화로 보았던 모습과 흡사했다.

"아직 살아 있는 젊은 청년을 보는 건 항상 즐거운 일이지. 만나서 반갑네."

프리드리히 2세는 목소리는 나직했지만, 생각 외로 표정이

밝았다.

어린 시절의 트라우마 탓에 인간 불신의 성격을 지녔을 것이라 생각했던 이신으로서는 의외였다.

하지만 이신이 모르는 게 있었다.

프리드리히 2세는 식자(識者)를 만나는 것을 즐겼다.

자신의 관심 분야에 정통한 실력자를 만나 실력을 겨루고 의견을 나누는 일은 매우 즐거운 일이었다.

오늘은 마계에서 돌풍을 일으키고 있는 신임 계약자를 만나 겨루게 된 날이었다.

악마군주들에게는 자신의 마력과 권위가 걸린 일이지만, 프리드리히 2세로서는 아주 즐겁고 흥미진진한 시간이었다.

"만나뵈어서 영광입니다."

이신은 정중하게 인사했다.

"나에 대해서는 많이 들었나?"

"살아생전의 이야기라면 유명합니다."

"아니, 계약자로서 말일세."

이신은 잠시 고민하다가 대답했다.

"플루트를 잘 연주하신다고 들었습니다."

"들켰군."

프리드리히 2세는 또 나직이 웃었다.

그러나 곧 어깨를 으쓱하며 대꾸했다.

"하지만 고유 능력이 감자가 아닌 게 어딘가? 전장에 감자를 심어서 캐먹으면 힘이 솟는다던지 하면 쓸모는 있겠지만 퍽 꼴사나웠겠지. 난 진심으로 감자 대왕이라는 별명이 싫었거든."

그의 너스레에 이신도 미소를 지었다.

당시 유럽인은 감자를 땅속에서 나는 작물이라는 이유로 불길하다 여겨 꺼려했다. 프리드리히 2세는 그런 감자를 널리 보급하기 위하여 열심히 감자를 먹어댔다.

왕이 먹는 작물을 욕하는 건 왕을 욕하는 것이나 다름없었기 때문에, 그 덕에 프로이센에 감자가 보급되기 시작했다.

그렇게 해서 얻은 별명이 감자 대왕인데, 이는 타국의 군주들이 조롱조로 부르는 말이기도 했다.

"그런데 자네는 무슨 연유로 계약자가 되었나?"

프리드리히 2세가 문득 물었다.

뭐라고 대답해야 할지 모르는 이신에게 그가 재차 질문했다.

"계약해 주는 조건으로 악마군주에게 무슨 소원을 빌었느냐는 말일세. 세상을 정복하고 싶다거나 재물을 요구한다든가 원하는 게 있었을 게 아닌가?"

그제야 이신은 이해했는지 곧장 대답했다.

"손이 좀 다쳐서 치료받았습니다."

“응? 손?”

“예, 손목이 크게 다쳤었죠.”

프리드리히 2세의 표정이 기묘하게 변했다.

“정말 그게 소원이었다고?”

“예.”

“내가 들어본 가장 사소한 소원인데.”

“만약 제가 플루트 연주자였더라면 매우 중요한 소원이었겠지요?”

이신의 말에 그제야 프리드리히 2세는 납득했다는 듯 고개를 끄덕였다.

“아, 그야 그렇겠군. 그래, 생각해 보니 손이 안 움직이면 참 불편한 게 많겠어. 손 하나쯤이야 하고 사소하게 생각했었는데, 돌이켜보면 우리의 신체란 생각보다 의미가 크지.”

“그렇습니다.”

“이해하네. 나도 늙어서 플루트 연주가 버거워지자 실력이 퇴보했다고 비난을 받은 적이 있었거든. 그때 정말 서럽더라고.”

프리드리히 2세는 품속에서 플루트를 꺼내 보였다. 늘 가지고 다니는 모양이었다.

“그래서 그랬나? 악마로서의 내 고유 능력이 이런 걸로 낙점되어 버렸군.”

그는 이신을 향해 씨익 웃으며 말을 이었다.

"내 연주를 들어보고 싶나? 인간은 흉내도 낼 수 없는 상급 악마 플루티스트의 솜씨는 어디 가서도 구경하기 힘들 걸세."

"좋지요."

이신이 말했다.

"이기고 나서 듣도록 하겠습니다."

그 말에 프리드리히 2세는 나직이 웃었다.

"그럼 나에게 지면 내 연주를 들을 수 없게 되나? 들려주고 싶었는데 아쉽군."

"들려주실 수 있을 겁니다."

"좋네. 날 꺾는다면 축하의 의미로 지난 수십 년간 연습한 끝에 얼마 전에 마스터한 플루트 소나타를 들려주지."

수십 년간 한 곡을 연습했다니, 대체 어떤 곡일지 짐작도 가지 않았다. 틀림없이 악마군주 파이몬이 작곡한, 인간으로서는 흉내도 못 내는 미스터리한 곡이리라.

그러다가 이신은 문득 궁금증이 떠올랐다.

"당신은 어떤 소원을 요구하셨습니까?"

"뭐, 나도 별거 아닐세."

프리드리히 2세는 어깨를 으쓱했다.

"아버지가 죽게 해달라고 했지. 자, 그럼 슬슬 시작해 볼까?"

*　　　　　*　　　　　*

제1 전장 아스테이아에서 1차전이 시작되었다.

베팅은 5만 마력.

역시나 이번에도 이신은 프리드리히 2세를 단체전이 아닌 일대일로 꺾을 심산이었다.

베팅이 2배인 단체전도 나쁠 것은 없지만, 이신은 프리드리히 대왕 같은 위대한 상대와 승부를 겨루는 것이 서열전의 주요 목적이자 즐거움이었기 때문이다.

1차전에서 이신은 우선 질 드 레의 제안을 채용했다.

대장간을 일찍 짓고 무기 개발을 완료해서 궁병을 석궁병으로 신속히 업그레이드시킨 것이다.

석궁병은 초반 상황에서 휴먼이 드워프보다 유리해질 수 있는 핵심 병과였다.

드워프 총수는 체력이 강인하기 때문에 통상적으로 정면으로 붙으면 석궁병이 지지만, 이신이 컨트롤한다면 보다 빠른 기동성이 빛을 발한다.

거기다가 이신의 치유 능력이 더해지니, 적어도 석궁병이 주력 병과로 활약할 수 있는 초반 상황에서는 이신이 프리드리히 2세보다 강할 수 있었다.

그런데 프리드리히 2세는 앞마당에 마력석 채집장을 구축한 뒤로는 좀처럼 밖으로 나오려 하지 않았다.

방어 시설을 건설해 디펜스를 완비해 놓은 채 틀어박히기만 했다.

'테크 트리를 빠르게 올리려 하는군.'

아마도 대포를 일찍 제작하려는 의도로 보였다.

아니나 다를까.

한번 다수의 석궁병과 방패병 부대로 앞마당을 공격해 보았는데.

펴엉!

하는 굉음과 함께 대포가 불을 뿜었다.

"으악!"

"억!"

방패병 1명과 석궁병 1명이 목숨을 잃었다.

이신은 재빨리 병력을 뺐다.

'역시나군.'

만일 대포가 없었더라면 이신은 모아놓은 석궁병+방패병 부대로 승부를 보려고 했다.

하지만 프리드리히 2세는 그렇게 쉽게 당할 정도로 약하지 않았다.

적절하게 대포가 완성되어서 디펜스를 강화시킨 상태였다.

제1 전장 아스테이아는 본진이 높은 지형에 있었는데, 높은 곳에서 대포가 자리 잡고 포격을 하면 그 디펜스를 뚫기가 쉽지 않았다.

서열전에서는 드워프야말로 방어력이 전 종족 최강이었던 것이다.

'이대로 대포를 충분히 모은 뒤에 나올 생각이군.'

대포가 쌓이기 시작하면 힘의 균형은 드워프에게로 넘어간다.

대포가 주력으로 등장하면 더 이상 석궁병으로 지상을 주름잡을 수 없기 때문이다.

본래 계획대로라면 이신은 이제 그리핀을 소환해야 했다.

그리핀으로 지대공 공격이 불가능한 대포를 견제.

이어 그리핀 편대로 드워프의 대포 부대가 진출하지 못하도록 억제하면서, 지속적인 견제 플레이.

이것이 오늘 이신의 기본 전략 콘셉트였다.

하지만…….

[적을 발견했습니다.]

'응?'

문득 이신의 본진을 향해 은밀히 접근하고 있는 적이 그 근처를 지나가던 콜럼버스에 의해 발견되었다.

그것은 드워프 관측병이었다.

기동력이 약해서 정찰에 매우 불리한 드워프는 그 대신 정찰을 담당해 주는 병과가 하나 존재했는데, 그게 바로 드워프 관측병이었다.

모든 지형지물을 건너다닐 수 있으며 망원경을 통해 통상의 2배에 달하는 넓은 시야를 자랑했다.

다리 짧은 드워프가 흔히 그렇듯 이동속도가 느리고 전투도 불가능하지만, 복잡한 지형지물을 마음대로 넘어 다니며 침투할 수 있어 드워프의 눈이 되어주는 중요한 병과였다.

'가만?'

드워프 관측병이 오고 있는 걸 우연히 본 순간, 이신의 머리가 팽팽하게 회전했다.

이신은 즉흥적으로 신속하게 설계에 들어갔다.

일단 본진에 특수 병영을 건설하기 시작했다.

본래 계획대로라면 그리핀 목장을 건설해야 했는데, 즉흥적으로 빌드 오더를 바꿔 버린 것.

그리고 드워프 관측병이 접근하는 방면에 석궁병 2명을 배치했다. 이는 프리드리히 2세를 완벽하게 속이기 위해서였다.

드워프 관측병이 나타났다.

강물을 헤엄쳐 건너고 언덕을 기어오르며 이신의 본진으로 접근한 드워프 관측병.

다만 예상하고서 석궁병 2명을 배치했던 방면이 아니었다.

살짝 옆으로 비껴난 방향에서 나타나서 이신은 깜짝 놀랐다.

'그 짧은 순간에 경로를 살짝 틀었구나.'

프리드리히 2세도 콜럼버스에게 드워프 관측병의 접근을 들켰다는 사실을 알고 있었던 것이다.

그래서 살짝 방향을 틀어서 접근시킨 것.

어떻게든 이신의 본진에 드워프 관측병을 침투시켜 내부 상황을 보고야 말겠다는 의지였다.

'하지만 이러면 더 쉬워진다.'

짧은 순간에 발휘한 프리드리히 2세의 센스가 오히려 이신의 속임수를 더 설득력 있게 했다.

드워프 관측병은 본진에 들어와 건설 중인 특수 병영을 확인했다!

이신이 보여주고 싶었던 광경이었다.

'보기 전에 석궁병들에게 잡혀 버리면 어쩌나 걱정했는데 다행이군.'

그 정도는 되어야 프리드리히 2세를 속일 수 있다고 생각했었다.

다행히 프리드리히 2세는 이신의 생각보다 솜씨가 좋았고,

덕분에 더 속이기 쉬워졌다.

특수 병영의 존재를 확인하고 죽어버린 드워프 관측병.

그로서 프리드리히 2세는 이신이 투석기를 준비한다고 믿게 되었다.

투석기로 대포에 맞서 전선을 짜고, 석궁병 부대로 발 빠르게 투석기의 단점인 기동성을 보완하는 패턴도 드워프를 상대하는 휴먼의 정석이었으니까.

하지만 이신은 투석기를 제작할 생각이 없었다.

오히려 타이밍을 노리고 단기적인 승부수를 띄울 생각이었다.

특수 병영에서 소환된 공병들이 일제히 열기구를 제작하기 시작했다.

바로 열기구를 통한 본진 드롭!

그것을 노리고 이신은 끊임없이 병영에서 병력을 소환했다.

본진에 침투했을 때 큰 힘을 발휘하는 장창병은 보이지 않는 곳에 비밀리 모았다.

더 이상 정찰을 못 하도록 철저히 주변 경계를 했다.

병력들이 이신의 지시에 의하여 끊임없이 돌아다니며 삼엄하게 경계를 했다.

소수의 부대가 따로 편성되어서 전장 곳곳을 돌아다녔다.

전장에서 프리드리히 2세의 시야가 서서히 지워졌다.

반면 프리드리히 2세의 본진 및 앞마당을 제외한 모든 곳에 이신의 시야가 미쳤다.

이는 얼핏 간단해 보이나 생각보다 훨씬 고급 플레이였다, 시야 장악은 초일류라 불리는 프로 게이머들의 특징이기도 했다.

시야 싸움에서 이기자 비로소 이신의 승부수가 펼쳐졌다.

프리드리히 2세의 시야가 사라진 덕에 열기구들이 쉽사리 접근할 수 있었다.

병력들이 일제히 열기구에 올라탔다.

병력을 가득 실은 열기구 5척이 마침내 프리드리히 2세의 본진에 나타났다.

즉흥적인 심리전으로 프리드리히 2세를 속인 이신의 변칙적 드롭 작전이었다.

* * *

완벽한 하모니.

프리드리히 2세는 열기구 5척이 자신의 본진에 병력을 투하하는 광경을 보며 그런 감상을 느꼈다.

드롭 작전이 펼쳐지기 직전, 프리드리히 2세도 이변을 눈치챘다.

혹시 이신이 준비 중인 게 투석기가 아닐 수 있다는 생각이 문득 들었던 것.

그래서 드워프 관측병을 더 파견했는데, 이신의 삼엄한 경계 탓에 족족이 커트당했다.

전장 전 지역에 석궁병이 1명씩 배치되어서 이신의 눈과 귀가 되어주고 있었다.

이신은 그렇게 전 지역을 감시하에 두며 프리드리히 2세의 시야를 캄캄하게 만들었다.

그걸로 의심은 더해졌고, 최소한 자신의 진영 인근이라도 감시할 수 있도록 드워프 관측병을 더 소환해 근처에 두었다.

그랬더니 드워프 관측병이 접근 중인 장창병을 발견한 것이다.

'장창병?'

지금 상황에서 근접 병과인 장창병이 소환되었다면 이유는 하나뿐이었다.

'열기구로 침투할 생각이었구나!'

빌어먹을, 하고 프리드리히 2세는 나직이 욕설을 했다.

투석기를 준비 중이라면 장창병을 소환할 이유가 없지 않은가?

이 영악한 젊은 친구가 자신을 깜빡 속여 버린 것이었다.

대처는 빨랐다.

모으고 있던 대포를 대거 본진으로 이동시켰다.

대포가 본진 곳곳에 띄엄띄엄 배치되어서 적이 열기구에서 내리는 족족 포화를 맞도록 했다.

그렇듯 발 빠른 대처는 프리드리히 2세의 실력을 보여주는 단편적인 모습이었다.

하지만 이신도 그 시점에서 의도를 들킬 것은 감수하고 있었다.

지금부터는 타이밍 싸움.

이신도 빠르게 전 병력을 열기구 5척에 태워서 프리드리히 2세의 본진으로 돌입했다.

느릿느릿한 열기구도, 또한 이동속도가 느리기 짝이 없는 대포도 두 사람의 심장을 쫄깃하게 만들었다.

이신의 돌입과 프리드리히 2세의 대처, 둘 중 어느 쪽이 더 신속하냐의 승부였다.

드롭되기 직전까지 눈치채지 못했다면 이신의 입장에서는 훨씬 쉬웠으리라.

하지만 이신은 프리드리히 2세의 실력을 과소평가하지 않았고, 종이 한 장 차이의 타이밍 승부가 될 거라고 각오한 상태였다.

그리고 마침내 이신의 드롭이 펼쳐졌다.

거기서 이신은 자신의 모든 역량의 총아를 쏟아부었다.

컨트롤, 판단력, 지형지물에 대한 이해력, 상대의 사거리를 정확하게 계산하는 눈썰미.

석궁병은 대포의 사거리 바깥에 드롭되었다.

장창병은 대포의 지근거리에 드롭되었다.

열기구 5척이 다섯 갈래로 나뉘며 프리드리히 2세의 본진 전 지역에 골고루 병력을 투하했다.

그것도 한 번에 드롭하는 게 아니라, 병사 하나하나를 지정해서 정확하게 말이다.

프리드리히 2세로서는 난생처음 보는 정밀 드롭.

한 지점에 병력을 모두 내리는 게 아니라, 수송 수단이 계속 움직이며 하나하나 정확하게 내리는 드롭 플레이!

e스포츠 역사에서는 최환열이 발견한 일명 낙하산 드롭 컨트롤이었다.

프리드리히 2세로서는 당연히 문화 충격 수준일 수밖에 없었다.

'어떻게 저런 식으로!'

그 많은 병사를 하나하나 지정해서 내리게 할 수 있다니.

그러려면 대체 얼마나 주의를 기울여야 하며, 얼마나 지시를 내리는 속도가 빨라야 한단 말인가?

'머리 여럿 달린 괴물이라더니!'

본진 내부에서 펼쳐진 싸움은 이신의 완벽한 우세로 흘러갔다.

프리드리히 2세가 대포를 잘 배치해 수비를 짰지만, 이신은 그것을 보고 맞춰가면서 드롭과 동시에 최적의 진형을 만들어버렸다.

대포들은 장창병의 공격을 받아 제 기능을 못 했고, 석궁병들은 대포의 사정거리 밖으로 도망 다니며 난동을 부렸다.

급히 전 병력을 본진에 투입해 진압에 나섰지만, 열기구가 다시 바깥에 다녀와서 추가 병력을 더 드롭했다.

모든 병과가 자신이 활약할 수 있는 적절한 위치에 드롭되어서 싸웠다.

프리드리히 2세는 자신의 본진이 삽시간에 붕괴되는 광경을 보았다. 이신이라는 마에스트로가 지휘하는 교향곡이었다.

'제길! 깜빡 속아버리다니!'

사전에 미리 준비했던 계략이었을까?

아니다.

그의 직감으로는 이신이 순간적으로 즉흥 전략을 펼친 거라고 느껴졌다.

'내 드워프 관측병이 발각되었을 때였나?'

그 순간부터 특수 병영을 짓기 시작했다면, 시간이 얼추 맞아떨어진다.

미리 준비한 작전이었다면 보다 빠른 타이밍에 드롭이 펼쳐졌을 테니까. 물론 그랬으면 프리드리히 2세도 보다 빨리 눈치챌 수 있었을지도 모른다.

'즉흥적으로 발휘한 변칙 전략이었기 때문에 속을 수밖에 없었나.'

어이가 없어서 순간 웃음이 나왔다.

이신의 솜씨가 너무도 대단했던 것이다.

감탄이 나오는 실력을 감상했기에, 도리어 즐거워졌다.

'이래야지. 상대가 이쯤은 돼야 재미있지.'

프리드리히 2세는 고개를 끄덕이며 패배를 선언했다.

[악마군주 파이몬님의 계약자 프리드리히님께서 패배를 선언하셨습니다. 악마군주 그레모리님의 승리입니다.]

[악마군주 그레모리님께서 마력 5만을 획득하셨습니다.]

[악마군주 그레모리님의 마력 총량이 3,236,330이 되셨습니다. 서열의 변동은 없습니다.]

[악마군주 파이몬님의 마력 총량이 3,377,100이 되셨습니다. 서열의 변동은 없습니다.]

첫승.

대결의 서막을 기분 좋게 연 이신이었다.

그레모리의 표정도 밝아졌으며, 참모 역할로서 함께 온 질 드 레도 기뻐하는 기색이었다.

반면에 1패를 한 상대측은 꽤나 놀란 모양이었다.

“방금 전은 지금껏 본 적이 없었던 솜씨의 공수작전(空輸作戰)이었다. 신출내기 계약자의 역량이 맞는 건가?”

악마군주 파이몬이 놀라워했다.

머리에 왕관을 썼으며 낙타에 탄 근엄한 왕의 행색을 한 악마군주 파이몬은 순수하게 이신의 실력을 인정하고 있었다.

“막았다고 생각했는데 뒤통수를 맞았군.”

프리드리히 2세도 투덜거렸다.

사실 이신도 내심 가슴을 쓸어내렸다.

‘나도 진 줄 알았다.’

프리드리히 2세의 대처가 매우 신속했기 때문이다.

본진으로 되돌아와 곳곳에 배치되고 있는 대포를 보며 아찔한 기분을 느껴야 했다. 열기구에서 병력이 내리자마자 사방에 고르게 배치된 대포의 포화를 맞아 싸 먹힐 것 같았다.

싸 먹힌 후에 프리드리히 2세가 즉각 역습에 나서면 이신은 그대로 패배하는 것이었다.

그 순간 즉흥적으로 심리전 후 드롭 작전을 펼친 것을 후회했을 정도였다.

‘방금 싸움을 기록으로 남기지 못한 게 한이군.’

열기구 5척이 5갈래로 나뉘며 정밀 드롭을 펼친 컨트롤은 그야말로 희대의 슈퍼 플레이였다.

공식 중계 경기에서 그 장면이 연출되었더라면 전 세계가 들썩거렸을 것이다.

철갑충차의 충격탄을 고속 전차로 블로킹해 버렸을 때에 비견될 정도의 슈퍼 플레이였으니까.

졌다 싶은 순간 이신은 거의 초인적인 컨트롤을 펼쳐 패색(敗色)을 억지로 극복해 버린 것이다.

"주군, 정말 대단했습니다."

질 드 레가 다가와 격찬을 했다. 관전했던 그 또한 흥분을 감출 수 없을 정도로 대단한 싸움이었다.

"질 뻔했어. 다시는 하면 안 되겠군."

이신은 반성이 재빨랐다.

심리전을 걸고 올인 드롭을 한 1차전 전략은 다시는 쓰지 않기로 했다. 또 했다간 실패할 확률이 높으니까.

"하지만 덕분에 우리의 카드를 보여주지 않고 1승을 했습니다."

이번 전략 콘셉트의 핵심인 그리핀을 아직 안 보여줬다는 점에서 이신이 프리드리히 2세보다 전략적으로 우세해진 셈이었다.

하지만 이신은 고개를 저었다.

"그리핀을 쓸 거라는 건 이미 짐작하고 있을 거다."

이신의 그리핀 편대는 이미 마계에서 알음알음 명성을 떨치기 시작했다.

프리드리히 2세라면 이미 이신이 그리핀 편대를 핵심으로 쓸 것을 예상하고 나름대로 준비를 해왔을 터였다.

"그래도 눈으로 확인한 것과 짐작만 하고 있는 것은 다르죠. 2차전은 어떻게 하실 생각이십니까?"

질 드 레의 물음에 이신은 잠시 생각하다가 말했다.

"똑같이 해야지."

"초반에 주도권이 없는 탓에 심리전에 당했으니, 이번에는 달리 나올 수도 있겠군요. 그걸 알았으니 이번에는 어찌 대처할지 확인해 보는 것도 좋을 것 같습니다."

주도권이 없었던 탓에 전장 전체의 시야를 장악당했고, 결국 열기구가 지척까지 도달하는 걸 뒤늦게야 알았다.

그러한 교훈을 얻은 프리드리히 2세가 이번에는 어떻게 대처할지 궁금해졌다.

그 대응 방식을 통해 프리드리히 2세의 스타일을 알 수 있으니 말이다.

그때, 악마군주 파이몬이 큰 소리로 말했다.

"계속할 거면 이제 슬슬 시작하지. 여기서 도전을 관둘 생각은 아닐 테고."

이에 그레모리는 이신을 쳐다봤다.

이신은 준비가 됐다는 뜻으로 고개를 끄덕여 보였다.

그녀가 답했다.

"우리도 준비가 끝났다."

"좋다. 전장도 베팅도 전과 동일하다."

프리드리히 2세는 전장을 바꾸지 않았다.

이곳 제1 전장 아스테이아가 좋다고 생각한 모양이었다.

[악마군주 그레모리님과 악마군주 파이몬님의 서열전입니다. 전쟁의 승패가 서열과 마력에 영향을 줍니다. 마력은 10만이 베팅됩니다.]

[마력 10만이 마력석이 되어 전장에 유포됩니다.]

[종족을 선택해 주십시오.]

"휴먼."

"드워프."

그렇게 2차전이 시작되었다.

이신은 아까 전과 똑같이 석궁병을 우선 모으는 빌드 오더를 택했다.

궁금한 것은 프리드리히 2세의 반응이었다.

'1차전은 대포를 일찍 마련하는 빌드 오더를 따랐기 때문에 내게 주도권을 완전히 내줬지.'

테크 트리를 올리는 데 치중하느라 드워프 총수를 몇 명 소환하지 않았다.

그러니 석궁병·방패병 등이 많았던 이신이 그를 거세게 압박했고, 프리드리히 2세의 시야를 전부 빼앗아 버릴 수 있었다.

대포를 일찍 얻을 수 있는 대신, 그동안 상대가 무엇을 하는지 동향 파악이 어려워진다는 장단점을 확인한 프리드리히 2세.

그걸 알았으니 이번에는 어떻게 나올지 궁금해졌다.

'그쪽도 분비한 빌드 오더가 한 가지는 아닐 테니까.'

이신의 짐작대로 프리드리히 2세는 1차전 때와는 약간 다른 모습을 보였다.

드워프 총수가 일찍 소환되어서 바깥에 나왔고, 이신의 진영 근처까지 와서 압박을 했다.

그때 이신은 궁병 2명뿐이었기 때문에 맞설 수가 없었다.

하지만 대장간을 일찍 건설하고 무기 개발이 완료되자, 모아놓은 궁병들이 석궁병으로 업그레이드되었다.

비로소 병력을 이끌고 진영을 나섰다.

프리드리히 2세는 드워프 총수가 6명까지 늘어나 있었다.

이신이 콜럼버스까지 합세시켜서 밀어내자 그제야 드워프 총수들도 뒤로 물러났으나, 양측은 중앙 지역에서 계속 대립

했다.

'초반에 주도권을 아예 잃지는 않겠다는 대응으로 보이는군.'

전장에서 시야가 완전히 사라져 버리는 위험성을 느꼈으리라.

이신이 얼마나 과감한지 보았기 때문에, 무슨 짓을 할지 모르므로 정찰과 시야 장악을 충분히 해야겠다고 느낀 모양이었다.

그런데 그다음에 보여준 프리드리히 2세의 움직임은 이신을 놀라게 했다.

*　　　*　　　*

프리드리히 2세가 드워프 총수를 어느 정도 소환하는 듯하자, 이신도 석궁병을 계속 추가했다.

좀 더 압박해서 드워프 총수를 더 소환하는 데 마력을 쓰게 할 참이었다.

이신의 입장에서는 어차피 나중에 그리핀 편대를 운용하기 위하여 석궁병을 소환해야 했다.

하지만 프리드리히 2세의 입장에서는 드워프 총수에 마력을 쓰는 것은 다량의 대포 확보에 차질을 빚게 만드는 것이다.

하지만 그럼에도 프리드리히 2세는 드워프 총수를 꾸준히 1명씩 소환해서 벌써 8명이었다.

'아까처럼 완전히 시야 장악을 당하지 않겠다는 뜻이군.'

1차전의 승리는 1승 이상의 성과가 있었다.

바로 자신이 얼마나 무모한 짓을 할 수 있는 놈인지 프리드리히 2세에게 각인시킨 것.

이신은 이런 구도를 좋아했다.

이러면 상대는 안전하게 플레이할 수밖에 없으니까.

안전한 운영을 택하는 상대는 그만큼 예상외의 변수를 일으키지 않아, 이신이 요리하기 쉬워진다.

e스포츠 사상 가장 공격적인 인류 플레이어인 이신의 성향은 그런 부가적인 효과를 일으킨 것이다.

1차전에서 크게 데인 탓일까?

프리드리히 2세는 정말 안전하게 운영을 했다.

드워프 총수를 8명까지 소환하여 본진 인근을 철통 수비해 정찰도 못 들어오게 했다.

드워프 총수가 많이 포진한 탓에 콜럼버스도 감히 정찰을 시도할 수가 없었다.

빠른 발도 블링크도 원거리 공격 수단인 총 앞에서는 빛이 바랬다.

거기다가 드워프 관측병도 출현했다.

정찰 및 시야 장악에서 밀리지 않기 위하여 신경 쓴 기색이 보였다.

그만큼 이신이 어떤 수단으로 공격해 올지 경계하고 있다는 뜻이었다.

앞마당 앞에도 방어 시설이 건설된 프리드리히 2세의 태도를 보며 이신은 만족감이 들었다.

'좀 더 부유하게 운영해도 되겠군.'

상대가 방어적인 태도를 취한 틈을 타서 이신은 과감하게 확장을 하기로 했다.

앞마당에 이어 6시 지역에도 마력석 채집장을 구축한 이신.

6시가 구축되면 총 3곳에서 마력을 채집하며 이신을 부유하게 만들어줄 터였다.

그러면서 그리핀 목장을 건설하고 그리핀 소환도 시작했다.

모든 게 순조롭게 흘러가나 싶었다.

그런데 그때였다.

프리드리히 2세가 갑자기 병력을 모두 이끌고 뛰쳐나왔다.

안전 지향적이었던 지금까지의 태도를 싹 바꾸고 갑자기 총공세를 취한 것이다.

그런데 병력의 규모를 보니 그럴 만했다.

드워프 총수가 무려 12명.

대포 1기.

앞장서서 적을 살피는 드워프 관측병 1명까지.

석궁병과 방패병밖에 없는 이신이 막을 수 없는 전력이었다.

'뭐?'

이신은 본색을 드러낸 프리드리히 2세의 병력 규모를 보자마자 깨달았다.

'앞마당을 안 가져갔구나.'

앞마당에 마력석 채집장을 구축하는 척하면서 병력을 모으고 있었던 것이다.

정찰을 허용하지 않으려고 드워프 총수들을 세워 삼엄하게 방어한 이유가 드러났다.

앞마당 앞에 방어 시설까지 건설하면서 이신을 속인 것이다.

'드워프 총수를 쉬지 않고 1명씩 꾸준히 모아주면서 대포 제작을 위한 테크 트리를 올렸다. 앞마당 확장을 안 하고 병력에 집중했구나.'

병력 규모를 보니, 드워프 광부도 일정 숫자 이상 소환하지 않고 마력을 쥐어짜 병력을 만든 듯했다.

놀라운 일이었다.

그것은 바로 페이크 더블 전략이었다.

SC에서 인류가 신족을 상대하는 기본 정석인 페이크 더블과 거의 일치하는 빌드 오더를 프리드리히 2세가 펼쳐 보였다.

적을 밀어내면서 앞마당을 안전하게 가져가는 것과 앞마당을 가져가는 척하면서 병력을 더 모아 타이밍을 잡고 승부를 보는 두 가지 전략이 있는데, 그중 후자였다.

'앞마당까지 밀리겠구나.'

위기였다.

하지만 이신은 그럴수록 냉정하게 계산했다.

어찌어찌 시간을 벌며 막더라도 앞마당까지는 밀릴 것이다.

간신히 본진을 지키는 게 고작.

6시에 구축 중인 마력석 채집장도 지키지 못한다.

'병력을 돌려 빈집털이도 안 되겠다.'

곧 대포 2기와 소수의 드워프 총수가 더 온다.

병력을 돌려서 프리드리히 2세의 진영을 친다 해도, 나타나는 대포 2기에 막힐 것이다.

이신은 프리드리히 2세의 병력 구성만 보고도 건물이 몇 개이고 어떤 식의 빌드 오더를 취하고 있는지를 계산해 냈다.

타이밍 러시에 나선 프리드리히 2세는 가난하기 때문에 이번 공격이 막히면 진 것이나 다름없다.

이것만 막으면 완승이라는 뜻이다.

하지만 못 막는다.

어떻게든 앞마당까지만 지키면 이기는데, 아마도 못 지킬 것 같았다.

이신도 그리핀 1마리가 소환되었지만, 저쪽은 드워프 총수가 무려 12명이었다.

그리핀에 석궁병을 태워서 대포만 처치하면 막을 수 있는데, 드워프 총수 12명이 지키고 있는 한 불가능했다.

'꼼짝없이 진 건가?'

상황도 안 좋고, 빌드 오더조차 이신이 완전히 저격당한 셈이 되었다.

1차전에서 허를 찌르는 일격에 패배한 프리드리히 2세였다.

그런데 그것을 거꾸로 역이용한 심리전으로 이신을 속였다.

1차전 패배 때문에 겁먹은 척, 방어적인 척하며 심리전을 펼쳤다.

'이길 수 있는 확률은 1할 정도인가…….'

이 위기 속에서도 이신은 역전할 수 있는 작전을 생각해 냈다.

도박수이긴 하지만, 잘만 하면 가능할 듯도 했다.

이신은 즉시 행동에 들어갔다.

일단 6시 마력석 채집장 구축을 취소했다.

어차피 지키기도 못할 텐데 마력을 낭비할 필요가 없었다.

그리고 적이 당도하기 전에 미리 노예 6명을 따로 빼냈다.

노예들은 전장을 크게 우회하며 9시 지역으로 향했다.

그런 노예들의 움직임을 들키지 않기 위해, 석궁병들이 나서서 싸웠다.

시간 벌기였다.

로호샨이 지휘 사격으로 소소한 이득을 보았지만, 저쪽에서 대포가 포격 준비를 하면 재빨리 도망쳐야 했다.

드워프 총수들은 방패막이.

중요한 핵심 전력은 1기의 대포라는 것을 프리드리히 2세는 잘 알고 있었다.

그렇게 석궁병 부대가 싸우며 시간을 버는 동안, 소수의 노예들은 9시까지 무사히 도착했다.

그리고 이신은 거기다가 마력석 채집장을 구축하기 시작했다.

몰래 확장!

이신은 역전을 위하여 9시에 몰래 마력석 채집장을 만들어 둘 생각이었던 것이다.

곧 있으면 앞마당까지 적에게 장악당한다.

프리드리히 2세는 이신을 본진에서 못 나오게 가둬놓고, 자신은 앞마당에 확장을 할 것이다.

본진과 앞마당 2곳에서 마력석을 캐며 병력을 충원할 프리드리히 2세를, 본진 1곳에서만 먹은 마력석으로 맞서기란 불가능하다.

그래서 이런 특단의 대책을 마련한 것이다.

심지어 노예 여럿을 함께 갖다놓았다.

몰래 지은 마력석 채집장이 완성되자마자 재빨리 투입해 마력석을 채집케 하려는 안배였다.

퍼어엉!

마침내 프리드리히 2세가 앞마당까지 당도했다.

이신은 저항을 포기했다.

'싸워봤자 병력 낭비다.'

앞마당을 일찌감치 포기해 버리고, 대신 본진 수비를 강화했다.

석궁병 부대는 본진과 바깥에 나눠서 배치했다.

적을 물리칠 힘이 생길 때까지 참고 기다릴 생각이었다.

퍼엉!

콰르릉!

계속되는 대포의 포격으로 앞마당의 건물이 하나둘 부서졌다.

이신의 예상대로 이후 대포 2기가 추가로 증원되었다.

총 대포 3기가 이신의 앞마당을 완전히 장악했다.

드워프 총수들도 많아서 그리핀 1마리로 뭘 어찌할 수도 없었다.

승기가 일방적으로 프리드리히 2세에게 기울었다.

하지만 이신은 포기하지 않고 있었다.

역전의 실마리가 9시에서 만들어지고 있었기 때문이다.

* * *

'다행히 성공했군. 이걸로 1차전의 빚은 갚았다.'

프리드리히 2세는 득의양양했다.

1차전의 패배가 쓰라렸던 것은 심리전에서 속았기 때문이었다.

이번에는 프리드리히 2세가 심리전으로 이신을 속였다.

그 결과는?

지금 보듯이 완승 일보 직전이었다.

퍼퍼퍼펑!

와르르르!

대포들이 이신의 앞마당 건물들을 모조리 부숴 버렸다.

폐허가 된 앞마당에 프리드리히 2세의 드워프 군대가 자리 잡았다.

이신은 본진에 틀어박혀서 수비에 전념했다.

본진으로 들어가는 출입구가 좁기 때문에 프리드리히 2세도 더 이상은 함부로 진입할 수가 없었다.

'이걸로 충분하니까.'

거꾸로 이신도 출입구가 좁은 탓에 앞마당에 자리 잡고 있는 드워프 군대를 밀어낼 수 없었다.

저 좁은 출입구에서 병력이 줄지어 나오는 족족 대포로 쏴 잡을 테니까.

이제 이신에게 남은 선택지는 하나였다.

'그리핀 편대로 일발역전을 노리고 있겠군.'

프리드리히 2세는 이신이 본진에 틀어박혀서 그리핀을 모으고 있다고 생각했다.

그리핀 편대로 단숨에 날아가 프리드리히 2세의 본진을 마비시키면 전세를 만회할 수도 있기 때문이다.

하지만 프리드리히 2세는 이미 이를 경계하고 있었다.

드워프 총수를 쉬지 않고 계속 1명씩 소환해서 본진 방어를 강화하고 있었다.

'폭격기도 1기 뽑아서 지대공 방어를 강화하면 질 수가 없게 되겠군.'

프리드리히 2세는 차근차근 변수를 없애 나갔다.

이제 이신의 마지막 발악을 받아준 다음 항복을 받아내면 된다.

…라고 생각했다.

[적이 습격했습니다!]

'마지막 발악인가?'

습격받은 곳은 이신의 앞마당이었다.

이신이 뚫기에 나선 모양이었다.

그런데…….

"돌격!"

기사단이 나타나 일제히 돌격을 감행했다.

그것도 정면이 아닌 후방에서.

'아니?!'

프리드리히 2세는 기겁을 했다.

이신이 그리핀, 혹은 투석기를 선택할 거라고 생각했다.

그런데 기사단을 택할 줄은 몰랐다.

그것도 본진이 아닌 다른 곳에서 출현할 줄은 더더욱!

'저 기사들은 대체 어디서 나타난 거야?'

기사단의 돌격에 드워프 총수들이 큰 피해를 입었다.

드워프 총수도 대포도 근접 전투에 능한 병과가 아닌 탓에 기사단의 돌격에 약했다.

연이어 본진과 바깥에 있던 석궁병 부대도 함께 달려들며 협공을 펼쳤다. 본진에 틀어박혀서 가난해진 상태였을 텐데, 이상하게 이신의 병력이 많았다.

기사단의 활약에 힘입어, 프리드리히 2세의 군대는 눈 깜짝 할 사이에 괴멸당했다.

'어딘가에 몰래 근거지를 만들어놓았구나!'

프리드리히 2세는 어찌 된 영문인지 금방 파악했다.

이신은 9시에서 마력석을 캐면서, 동시에 특수 병영도 건설해 기사를 소환하고 있었던 것이다.

원거리에 특화된 프리드리히 2세의 병력 구성을 저격하는 기사단이 아니면 대승을 거둘 수 없다고 판단했던 것.

'그 짧은 시간에 이런 판단을 내리고 준비했던 것이냐?'

프리드리히 2세의 완승으로 향하고 있던 국면이 갑자기 뒤집어졌다.

이신은 단숨에 앞마당을 수복했고, 6시에도 다시 마력석 채집장을 구축하는 등 부유하게 운영을 펼쳤다.

반면, 한 번 대패를 당해 병력을 잃은 프리드리히 2세로서는 이신처럼 과감하게 확장할 수가 없었다.

제5장

심리전

앞마당 전투에서 대승을 거두어 일발역전에 성공한 이신은 이제 승기를 잡았다.

'이제 무난하게 끝낼 수 있겠군.'

주력 병력을 잃은 프리드리히 2세는 본진과 앞마당만 지킨 채 움직이지 않았다.

반면 대승을 거두어 병력 격차에서 우세를 가진 이신은 선택지가 많았다.

이대로 총공격해서 끝내볼까 생각도 들었지만, 이내 고개를 저었다.

'신중하게 처리하자.'

주력 병력이 기사단과 석궁병인 탓에 심시티와 대포로 구성된 프리드리히 2세의 방어선을 돌파하기가 쉽지 않았다.

이신은 안전하게 승리를 챙기기로 했다.

프리드리히 2세가 나오지 못하게 압박하면서, 이신 자신은 세력을 마구 확장했다.

마력량에서 압도하여 완벽한 승리를 따낼 심산이었다.

물론 그게 전부가 아니었다.

확장과 함께 그리핀 편대도 키웠다.

그리핀 편대는 즉각 출격하여서 프리드리히 2세의 진영을 괴롭히기 시작했다.

유리한 상황에서 굳이 프리드리히 2세에게 피해를 회복할 시간을 줄 필요는 없었다.

그리핀 편대가 계속 야금야금 피해를 입히며 손실을 누적시켰다.

아마 프리드리히 2세가 간신히 병력을 회복했을 즈음에는 이신이 압도적인 대군으로 밀고 들어올 터였다.

사실 이쯤 되면 프리드리히 2세의 패배 선언은 시간문제라 해도 과언이 아니었다.

시간도 이신의 편이었고, 그리핀 편대가 지금도 계속 활약하며 괴롭히고 있으니 말이다.

그런데 프리드리히 2세는 아직 희망을 놓지 않았는지, 그리핀 편대의 습격을 막아내면서 사력을 다해 대포를 모았다.

폭격기 1기와 드워프 총수들이 본진과 앞마당 곳곳에 배치되어서 그리핀 편대를 막았다.

그러면서 계속 대포를 모은다.

대포의 화력 밀집이라면 그래도 전투에서 한 방이 있다고 생각한 것.

그리고 이신의 생각보다 훨씬 빠르게, 프리드리히 2세가 먼저 치고 나왔다.

퍼퍼퍼펑!

대포들이 일제히 포격을 개시!

이신은 기사단과 석궁병 부대를 일단 뒤로 물렸다.

그리핀 편대가 전장을 크게 선회하여서 후방에서 급습했지만, 폭격기가 막는 사이 드워프 총수들이 달려와 커버했다.

대공 방어가 상당히 깔끔한 프리드리히 2세였다.

'역시 내가 그리핀 편대를 쓸 것을 대비하고 있었군.'

서열전이 있기 전에 그리핀 편대를 막는 지대공 디펜스 훈련을 열심히 한 듯했다. 그러지 않고서는 저렇게 정확한 대처가 있을 수 없었다.

프리드리히 2세는 지금 무리해서 나왔다.

그래야 하는 이유가 있었다.

추가로 마력석 채집장을 확보해야 했기 때문이다.

프리드리히 2세의 본진은 1시.

본진, 앞마당에 이어 다음에 가져갈 마력석 채집장은 12시가 적절했다.

적이 12시를 공격해도 금방 병력을 보내 막을 수 있는 위치이기 때문이다.

그리고 그 12시를 안전하게 확보하려면 전선을 끌어올려야 했다.

1시와 12시, 그리고 중앙을 잇는 포인트!

프리드리히 2세는 그곳을 확보하기 위해 일찌감치 나선 것이다.

그리고 그 의도를 이신도 한눈에 파악했다.

'12시를 가져가겠다는 생각이군.'

이신은 바깥으로 나온 적 군대를 섬멸시키기 위하여 각을 재기 시작했다.

기사단과 석궁병 부대, 그리핀 편대로 삼면에서 덮칠 구상을 했다.

하지만 프리드리히 2세도 그걸 알고 있었는지 대포를 계단식으로 배치하여서 싸울 태세를 마쳤다.

제대로 잘 덮치지 못하면 이신의 병력이 대포의 화력에 휩쓸려 버릴지도 몰랐다.

'여기서 지면 상대에게 기회를 주는 셈이군.'

프리드리히 2세 역시 위기 속에서 포기하지 않고 역전을 노리고 있었다.

어떻게든 대포로 승부하겠다는 그의 판단은 옳았다.

하지만…….

'안됐군.'

상대는 이신이었다.

역전도 수없이 해봤지만, 궁지에 몰린 상대의 숨통을 끊는 작업은 더 많이 해봤다.

상당히 정확한 판단을 하긴 했지만, 이신이 대포의 화력이 변수가 되는 지상전 정면 승부를 해줄 이유가 없었다.

그리핀 편대가 먼저 대포를 노리고 끊임없이 위협했다.

드워프 총수들이 대포를 보호하기 위해 나왔다.

시선이 그 싸움에 쏠려 있는 상황.

하지만 그때, 3척의 열기구가 나타났다.

반대편 방면에서 유유히 날아온 열기구들이 석궁병들을 태워서 프리드리히 2세의 본진으로 향했다.

프리드리히 2세는 당황했다.

정면과 본진 모두를 커버할 겨를이 없었기 때문.

눈앞의 싸움에 사활을 걸고 나왔는데, 본진 드롭까지 어떻게 대비했겠는가?

석궁병들이 우르르 쏟아져 본진을 들쑤셨다.

새로 제작된 대포들이 석궁병의 집중사격으로 발포 한 번 못 해보고 박살 났다.

안 그래도 가난한 상황에서, 드워프 광부들이 석궁병의 습격을 피해 일을 중단하고 대피해야 했다.

대포 몇 기와 드워프 총수들이 부랴부랴 본진으로 되돌아갔다.

하지만 그리핀 편대가 본진 출입구 방면을 막아섰다.

좁은 출입구를 통과하면서 그리핀 편대의 U턴 샷을 견뎌낼 재간이 있을 턱이 없었다.

잠시 후.

[악마군주 파이몬님의 계약자 프리드리히님께서 패배를 선언하셨습니다. 악마군주 그레모리님의 승리입니다.]

[악마군주 그레모리님께서 마력 5만을 획득하셨습니다.]

[악마군주 그레모리님의 마력 총량이 3,286,330이 되셨습니다. 서열의 변동은 없습니다.]

[악마군주 파이몬님의 마력 총량이 3,293,329가 되셨습니다. 서열의 변동은 없습니다.]

2연승!

소원으로 이신에게 1%의 마력을 지불했던 것까지 더해져서, 이제 양측의 격차는 1만 마력도 안 되었다.

다 이긴 싸움을 역전당한 프리드리히 2세는 표정이 썩 좋지 못했다. 원래 승부야 이기고 지고 하는 거지만, 그런 역전패를 당하면 누구라도 자기 자신에게 화날 수밖에 없었다.

"어디였지?"

프리드리히 2세가 문득 그렇게 질문했다.

치열한 승부를 겨룬 사이였던 탓에, 이신은 그 질문의 뜻을 쉽게 이해했다.

"9시."

몰래 지은 마력석 채집장의 위치를 묻는 거였다.

"언제?"

"당신이 진격을 시작했을 때였습니다."

"곧바로 그런 판단을 내렸나!"

프리드리히 2세는 감탄을 하며 박수쳤다.

"기사를 소환한 것도 좋은 판단이었다. 완전히 허를 찔렸지."

"감사합니다."

이신은 간단히 대꾸했을 뿐 그 이상은 말을 아꼈다.

아직 승부는 끝나지 않았다.

한 번만 더 이기면 서열이 역전되지만, 그 뒤에도 악마군주 파이몬 측이 도전하면 승부가 계속 이어진다.

대화를 섞다 보면 자신이 준비한 전략이나 스타일이 파악될 수 있는 것이다.

'지금도 이미 충분히 많은 걸 보여준 것 같은데.'

2차전의 역전승은 좋았지만 프리드리히 2세에게 너무 많은 것을 노출한 것 같아 우려도 되었다.

프리드리히 2세는 서열 4위였다.

다른 최상위 계약자와 장기전을 많이 치러봤을 터였다.

1, 2차전을 내리 졌지만, 프리드리히 2세에게는 그리 심각한 타격까지는 아닐 수 있었다.

이신은 5판 3선승제의 다전제에 익숙하지만, 프리드리히 2세의 입장에서는 야구 경기에서 이제 막 2회전이 끝난 것쯤으로 여길 수 있다.

'더 파악당하기 전에 끝냈으면 좋겠군.'

이신은 3차전도 반드시 이겨야겠다고 결심했다.

압도적으로 이겨서 서열을 역전시키고, 프리드리히 2세가 도전할 엄두를 못 내게 하고 싶었다.

4차전, 5차전, 6차전…….

그렇게 승부가 길어지면 이신으로서도 좋을 게 없었다.

포커페이스를 유지하고 있으나, 이신의 머릿속에는 일말의 불안함이 있었다.

문제는 프리드리히 2세가 그걸 어렴풋이 눈치채고 있다는 점이었다.

*　　　　　*　　　　　*

프리드리히 2세는 곰곰이 2차전을 복기해 보았다.

심리전을 쓰고 공세를 펼친 자신의 전략을 이신은 멋진 임기응변으로 받아쳤다.

9시에 몰래 근거지를 만들어놓았을 거라는 점을 프리드리히 2세는 미처 생각 못 했다.

확인하고 꼼꼼히 체크했어야 했는데, 승부를 낼 심산에 거기까지 신경을 못 썼다. 명백한 실수였다.

'뭐, 중요한 건 그게 아니지.'

이미 지난 일이다. 후회해 봐야 소용없고, 앞으로 주의하면 된다.

다만 프리드리히 2세가 생각하고 있는 것은 그때 보여준 이신의 병력 구성이었다.

'기사를 택했지.'

드워프 총수+대포로 구성된 그의 병과에 허를 찌른 판단이었다.

그리고 결정타가 된 마지막 전투에서는 열기구를 택했다.

'마찬가지로 허를 찔렀지.'

거기서 얻은 결론은 이신이 상대와의 심리전을 좋아한다는 것?

아니다.

프리드리히 2세는 다른 것에 주목했다.

'투석기를 안 썼어.'

마치 대포 대 투석기의 구도로 가지 않겠다는 다짐을 보는 듯했다.

사실 투석기가 대포보다 꼭 불리한 건 아니었다.

둘이 싸우면 누가 이기냐 하면, 먼저 좋은 위치에 자리 잡고 있는 쪽이 유리하다.

물론 위치 조정이 쉬운 대포가 교묘하게 거리를 재며 화력 집중을 하기 좋지만, 그것도 휴먼이 커버할 방법은 다양했다.

그렇지 않았으면 그는 진즉에 나폴레옹을 때려잡고 2위나 1위에 있었을 것이다.

'이 젊은 친구를 이제 조금 알겠군.'

생전이나 사후나 투쟁 속에서 살았던 노회한 프리드리히 2세는 이신의 성향을 짐작했다.

'일종의 결벽증이라고 해야 하나.'

그가 생각하는 이신은 깔끔하게 이기는 걸 좋아했다.

지저분한 싸움을 싫어한다.

아군 병력을 무식하게 적에게 갖다 박고 희생시키는 싸움을 안 좋아한다.

'그래서 난전을 즐기는군! 여러 곳에서 교전이 벌어지면 상대가 미처 대처하지 못하는 곳에서 빈틈이 나오니까. 그럼 우악스럽게 정면으로 들이받는 것보다 훨씬 깔끔하고 확실하지.'

난전은 여러 곳에서 어지럽게 적과 뒤엉킨 싸움을 뜻한다. 매우 혼란스러우므로 혼전이라고도 할 수 있다.

'그런데 그게 저 친구의 입장에서는 어지럽지도 혼란스럽지도 않다는 말이지. 머리 여럿 달린 괴물이니까.'

난전을 즐기니 지저분한 싸움에 능하다는 이미지를 줄 수 있으나, 프리드리히 2세는 그 속에 감춰진 이신의 일면을 볼 수 있었다.

'그럼 내가 남자답고 우악스럽고 무식한 싸움을 보여줘야겠군?'

그렇게 생각하니 프리드리히 2세는 문득 웃음이 나왔다.

먼 옛날 어릴 적, 아버지를 보며 끔찍이 싫어했던 표현들이었다.

"이제 생각은 끝났나?"

악마군주 파이몬이 물었다.

딱 프리드리히 2세가 결론을 내렸을 때였다. 하도 오래 같이 지내다 보니 서로의 머릿속까지 들여다보는 듯했다.

"끝났지."

프리드리히 2세가 대꾸했다. 아까보다 한결 밝아진 목소리였다.

[악마군주 그레모리님과 악마군주 파이몬님의 서열전입니다. 전쟁의 승패가 서열과 마력에 영향을…….]

그렇게 3차전이 시작됐다.

이번에는 프리드리히 2세가 5시, 이신은 7시였다.

각자 준비한 카드가 한 장씩 속속 드러나는 대결.

서로 오픈한 카드를 보며 어떤 판단을 내릴지, 그 생각이 점점 복잡하고 치열해지고 있었다.

*　　　*　　　*

만약 3차전도 이신이 승리를 거두면 승부가 크게 기운다.

서열 역전은 물론, 3연승이라는 뚜렷한 결과가 상대를 압도했음을 말해주기 때문이다.

3연승으로 압도된 마당에 전장을 선택할 권리 또한 이신에게 주어지니, 프리드리히 2세 측으로서는 잠시 물러나 심기일전하자는 생각이 들 가능성이 높다.

때문에 이신도 신중하게 3차전에 임했다.

이번 승부를 일찍 결말지을 찬스라고 판단했다.

벌써 2연승이므로 페이스도 이쪽에 있다고 믿었다.

하지만 결과는 예상외로 흘렀다.

프리드리히 2세가 불의의 일격을 먹인 것이다.

발단은 정찰 문제에서 시작되었다.

프리드리히 2세는 2차전과 똑같이 드워프 총수를 많이 보유하여서 이신의 정찰 시도를 모조리 차단했다.

앞마당도 보여주지 않으니, 이신으로서는 2차전 때처럼 프리드리히 2세가 앞마당에 마력석 채집장을 지었는지 아니면 또 병력을 모으는지 알 수 없었다.

이신은 틀려서는 안 되는 양자택일의 문제를 도박으로 풀고 싶지 않았다.

확실한 승리를 위해 안전한 선택을 하기로 했다.

바로 콜럼버스를 던진 것이다.

콜럼버스는 블링크를 사용하여서 프리드리히 2세의 앞마당을 확인하는 데 성공했다.

물론 앞마당에 당도하자마자 드워프 총수들의 집중사격을 받아 사망했지만 말이다.

앞마당은 텅 비어 있었다.

프리드리히 2세는 이번에도 타이밍 승부를 노린 것.

콜럼버스가 죽자마자 프리드리히 2세는 즉각 병력을 몰고 뛰쳐나왔다.

그런데 병력의 주력은 드워프 총수가 아니었다.

대포도 없었다.

드워프 도끼병!

드워프 도끼병과 드워프 총수가 2 대 1의 비율로 구성된 병력이었다.

대포를 제작하기 위한 테크 트리를 포기하고 오직 드워프 도끼병만 모았다는 뜻!

드워프 도끼병은 근접 전투력이 막강한 대신 시간이 지날수록 가치가 떨어지니, 대포를 포기한 건 미래를 버린 거나 다름없었다.

하지만 이신으로서는 그보다 더 절묘한 한 수가 없었다.

콜럼버스가 죽고 없기 때문.

공병인 오귀스트 마르몽이 소환될 때까지는 빙의하여 치유 능력을 펼칠 수 없다는 뜻이었다.

하필 그런 때에 드워프 도끼병이 쳐들어오니, 이는 프리드리히 2세가 처음부터 노렸다고밖에 생각할 수 없었다.

이신은 하는 수 없이 기동력과 컨트롤로 맞상대하고자 했다.

하지만 프리드리히 2세는 무시하고 그냥 이신의 본진을 향해 일직선으로 돌격했다.

석궁병이 치고 빠지며 게릴라를 펼쳐도, 드워프 총수로 대응 사격만 할 뿐 진격을 늦추지 않았다.

석궁병 부대가 로호샨을 이용한 U턴 샷으로 1명씩 죽였지만 무시하고 오로지 돌진!

결국 앞마당에 들이닥친 프리드리히 2세의 군단이 광전사처럼 싸웠다.

드워프 도끼병이 우직하게 밀어붙이며 심시티고 뭐고 다 때려 부쉈다.

추가로 소환된 드워프 도끼병이 계속 꾸역꾸역 달려오며 합류했다.

맹공이 계속 펼쳐지자 화려한 컨트롤로 교전에서 이득을 보던 이신도 흔들리기 시작했다.

한 번 흔들리자 계속 충원되는 드워프 도끼병의 공세에 걷잡을 수 없이 무너지기 시작했다.

프리드리히 2세가 사활을 걸고 마력을 쥐어짜 소환한 드워프 도끼병들은 제 활약을 다 해주었다.

치유 능력이 있었어도 피해가 불가피했을 맹공인데, 그마저도 없으니 버틸 수가 없었다.

그야말로 무식하게 밀어붙인 돌격에 이신은 막대한 타격을 입었다.

뒤늦게 소환된 마르몽에 빙의하여서 치유 능력을 펼치며 저항한 끝에 막긴 했지만, 이미 큰 피해를 입은 뒤였다.

'강하다.'

이신은 싸우면서 그렇게 느꼈다.

사실 드워프 도끼병이 출현했을 때 깜짝 놀라긴 했지만, 어찌어찌 막을 수 있을 것 같다고 판단했던 이신이었다.

보통 이신이 내린 견적은 틀리는 법이 별로 없는데, 이번에는 밀리고 말았다.

프리드리히 2세의 병사 하나하나가 이상하게 강했다.

'원래 드워프의 병사가 이렇게 강했나?'

그런 생각이 들었으나, 이내 고개를 저었다.

드워프를 어디 한두 번 상대해 봤던가?

프리드리히 2세의 지휘를 받는 병사들은 이상하게 다른 드워프 계약자들보다 더 강했다.

'대체 왜지?'

그런 의문도 잠시.

결국 이신은 세력을 마음껏 확장하고 대포를 끌어모은 프리드리히 2세의 파상 공세에 무릎을 꿇어야 했다.

어떻게든 수습해 보려 했으나, 초중반에 입은 피해 탓에 그 막강한 화력에 대항하기 힘들었다.

[악마군주 그레모리님의 계약자 이신님께서 패배를 선언하셨습니다. 악마군주 파이몬님의 승리입니다.]

[악마군주 파이몬님께서 마력 5만을 획득하셨습니다.]

[악마군주 파이몬님의 마력 총량이 3,343,329가 되셨습니다. 서열의 변동은 없습니다.]

[악마군주 그레모리님의 마력 총량이 3,236,330이 되셨습니다. 서열의 변동은 없습니다.]

패배로 인해 1만도 안 되던 마력 격차가 다시 10만 이상으로 벌어졌다.

거기에 프리드리히 2세는 그레모리에게 소원으로 마력을 받아냈다.

32,364마력을 빼앗겨 총량은 이제 3,203,966.

14만 가량의 격차였다.

'승부가 길어지고 말았군.'

이신은 내심 한숨을 쉬었다.

일단은 패배로 인해 복잡해진 머릿속부터 정리해야 했다.

다행히 이럴 때 도움이 되라고 질 드 레를 데려왔다.

"주군, 괜찮으십니까?"

"강하더군."

"막을 수 있다고 생각하셨지요?"

질 드 레가 정확하게 지적했다.

이신은 묵묵히 고개를 끄덕였다.

"저도 아슬아슬하지만 주군이라면 막을 수 있다고 생각했습니다."

그런데도 밀렸다.

정말 무서운 프리드리히 2세의 드워프 도끼병 부대였다.

"다른 드워프보다 강하게 느껴졌는데 이유가 뭐지?"

"모르시겠습니까?"

질 드 레가 반문했다.

이신은 순순히 모르겠다고 고개를 저었다.

자신처럼 컨트롤을 펼친 것도 아닌데, 프리드리히 2세의 병사들은 이상하게 더 잘 싸웠다.

"두 번째 대결에서도 드워프 총수들이 그리핀 편대의 습격에 잘 대응하는 모습을 보였죠."

"그래."

이신은 고개를 끄덕였다.

사실 거기서부터 걱정이 들었었다.

그리핀 편대를 기본으로 하는 전략을 준비했는데, 프리드리히 2세의 지대공 수비가 생각보다 훌륭했다.

싸우면 싸울수록 익숙해지므로 상대의 대처는 점점 더 좋아질 텐데, 그러면 승부가 길어질수록 점점 이신이 불리해진다는 뜻이었다.

"주군, 생각보다 간단한 이유입니다."

질 드 레가 답을 알려주었다.

"훈련이 잘된 군대이기 때문입니다."

"…뭐?"

"훈련이 아주 잘된 정예 병력이었습니다. 소환된 모든 병사가 하나같이요."

이신은 뒤통수를 한 대 맞은 듯한 기분이 들었다.

그랬다.

프로그램으로 동일하게 설정된 유닛이 아니었다.

하나하나 모두 살아 움직이는 병사였다.

"그렇다고 그게 말처럼 단순한 문제는 아닙니다. 단지 무기를 더 잘 쓰는 것뿐만이 아니라, 지휘 체계와 포지션까지 훈련된 겁니다."

질 드 레가 계속 설명했다.

"그의 병사들은 자기가 어디서 싸워야 하는지를 알고 움직였습니다. 주군께서 하시듯 그가 일일이 지정해서 명령을 내린 게 아닙니다. 그건 주군 외엔 누구도 못 하는 일이니까요."

"그럼?"

"훈련이 되어 있는 겁니다. 모든 전장, 모든 지역에서 자기가 어느 위치를 맡아야 하는지를, 소환된 병사 개개인이 모두 잘 알고 있는 것이죠."

"그게 가능하다고?"

"주군의 용병술보다는 더 쉽지요. 그는 살아생전에도 명장이었고, 계약자로 오랜 세월을 살았습니다. 그쯤 되면 소환하는 모든 병사의 이름과 얼굴을 줄줄이 꿰고, 자신만의 정예 군단으로 지휘 체계를 완성하고도 남습니다."

물론 저렇게까지 잘 훈련된 경우는 찾아보기 힘들지만.

이는 서열전에서 써먹을 수 있는 고유 능력이 없는 프리드리히 2세가 자신만의 강점을 만들기 위해 오랜 세월 갈고닦은 결실이다.

그리고 프로 게이머지 군인이 아닌 이신이 생각할 수 없는 발상이기도 했다.

질 드 레는 군인이었기에 이를 알아본 것.

'나도 그리핀 편대를 따로 훈련시키고 있긴 하지만 지휘 체계와 포지션까지 모조리 짜지는 못했어.'

군인이 아닌 이신으로서는 불가능한 일이었다.

질 드 레가 말했다.

"그는 초기에는 11위까지 떨어진 적이 있었다고 합니다. 그런데 천천히 올라오더니, 지금은 저 서열에서 내려오지 않습니다."

이신은 그 말에 담긴 의미를 깨달았다.

"훈련과 경험으로 정예 군단이 성장할수록 프리드리히 2세도 점점 강해졌군."

"예. 세월과 노력으로 빚은 실력이지요."

그의 군단은 얼마나 많은 훈련과 실전을 겪었을 텐가?

이제 2년 차인 이신이 따라갈 수 없는 부분이었다.

하지만 그렇기에 이신은 더더욱 감명 깊었다.

자신에게 컨트롤이 있다면 프리드리히 2세에게는 오랜 세월 훈련과 실전을 쌓아온 정예 군단이 있었다.

"그보다 일단은 당장 대책이 시급하겠군요. 그는 자신의 강한 군대를 믿고 저돌적으로 나오기 시작했습니다."

"그렇더군."

이신은 문득 최영준을 떠올렸다.

미친 물량을 쏟아내는 광기 신족 최영준. 이신을 상대로 여러 번 승리를 따낸 적 있는 몇 없는 선수였다.

설마 들어오겠나 싶은 상황에서 거침없이 밀고 들어와 끝없는 공세로 디펜스를 터뜨려 버린다.

최영준에게 불가사의한 물량이 있다면, 프리드리히 2세는 자신이 심혈을 기울여 키운 정예 군단이 있었다.

"프리드리히 2세는 지상전에서 우세하다는 것을 믿고 공격적으로 나가기로 한 모양입니다. 그리고 주군께서 투석기를 제작하지 않는다는 것도 눈치챘고요."

그 말에 이신은 수긍했다.

콜럼버스를 잃은 것도 문제였지만, 가장 큰 패인은 역시 투석기가 제때 나오지 않은 점이었다.

그리핀을 우선시했기 때문에 투석기는 프리드리히 2세가 진군해 오자 급히 제작했다. 하지만 전투가 벌어졌고, 투석기가 뒤늦게 완성되었을 땐 이미 피해를 입은 뒤였다.

"아무래도 병영에서 그리핀으로 체제를 전환하는 중간에 지상군 전력의 공백기가 약점으로 보입니다."

제삼자의 시선에서 관전했던 질 드 레는 3차전의 패인을 정확하게 분석했다.

덕분에 이신은 쉽게 보완책을 떠올릴 수 있었다.

'그 공백기에 프리드리히 2세가 강하게 밀어붙였다 이거지.'

마치 정면 대결을 펼치면 내 정예 군단을 당해낼 수 있겠느냐고 말하는 듯한 태도였다.

'그렇게 나온다면 나도 쓸 수 있는 수단이 있지.'

프리드리히 2세의 정예 군단이 이신에게 감명을 주었다.

그래서 이신도 재미있는 것을 잔뜩 보여줄 생각이었다.

"준비됐습니다."

이신이 그레모리에게 말했다.

프리드리히 2세는 눈이 마주치자 조용히 미소를 지으며 고개를 끄덕여 보였다.

승부의 실마리를 찾았다고 판단했는지 이제 여유를 되찾은 얼굴이었다.

저렇듯 여유 있는 상대의 표정을 보면, 당황하는 얼굴도 보고 싶은 것이 이신의 못된 심보였다.

*　　　*　　　*

프리드리히 2세는 3차전의 승리에 기세가 살아나 한층 더 과감해졌다.

그는 빠르게 드워프 총수를 소환했다.

첫 드워프 총수가 등장하자마자 드워프 광부들 6명을 함께 데리고 공격에 나섰다.

처음부터 공격력과 체력이 강한 드워프 총수.

그리고 역시나 체력이 강인한 드워프 광부들의 힘을 믿고 초반 기습 작전을 벌인 것이다.

때때로 과감해질 줄을 알아야 상대가 두려워하는 이치를 프리드리히 2세는 알고 있었다.

하지만 이번 판단은 실수라 할 수 있었다.

판단이 잘못된 것은 아니지만, 상대를 잘못 보았다.

현실 세계에서 아무도 이신에게 치즈러시를 시도하지 못한다는 사실을 프리드리히 2세가 어떻게 알겠는가?

이신도 노예를 총동원했다.

우르르 몰려나온 노예들이 앞마당에서 스크럼을 짰고, 그 뒤에 콜럼버스와 로흐샨이 섰다.

그러고는 교전 시작.

나약한 노예들 따위는 금방 분쇄시킬 수 있다고 생각한 프리드리히 2세.

하지만 이에 대하여 이신은 막긴 막되 정면으로 맞부딪치지 않는 용병술로 대응했다.

적이 접근하면 노예들의 스크럼을 뒤로 물리면서 로흐샨으로 계속 가장 가까이에 있는 드워프 광부를 저격.

그러면서도 드워프 총수의 위치를 끊임없이 파악하며 총의 사정거리 안에 들어가지 않았다.

이 같은 교묘한 합격은 군사학에도 없는 용병술이므로 프리드리히 2세가 따르기가 어려웠다.

그리고 어느 순간.

'지금이다!'

이신이 머릿속의 가상 마우스와 키보드를 조작해 컨트롤을 번개처럼 펼쳤다.

콜럼버스가 먼저 블링크로 파고들어 드워프 총수에게 마비침 발사.

다시 블링크를 써서 원래 자리로 되돌아온 후에 빙의.

노예들이 두 갈래로 나뉘어, 드워프 광부들을 우회해 드워프 총수에게 일제히 달려들었다.

때맞춰 새로 소환된 궁병 1명이 합류했다.

로흐샤이 추가된 궁병과 함께 드워프 총수를 저격했다.

"못 도망가게 잡아!"

"에워싸!"

이신의 노예들은 드워프 총수를 삽시간에 에워싸는 데 성공했다.

마비침 탓에 반격할 타이밍을 놓쳤던 드워프 총수는 뒤늦게 사격으로 노예 1명을 죽였다.

그러나 궁병 2명이 로흐샤의 지휘 사격으로 계속 쏘니, 견뎌낼 재간이 없었다.

화살 2대에 맞아 중태에 빠진 것도 모자라, 사방에서 노예들의 몰매를 맞아 죽고 말았다.

드워프 총수가 죽자 공격 수단을 거의 잃은 것이나 마찬가지였다.

물론 체력이 좋은 드워프 광부들도 위협적이긴 했지만, 궁병 2명이 포함되어 있는 이신은 능수능란한 컨트롤로 1명씩 죽여 나갔다.

기습 작전이 실패했음을 깨달은 프리드리히 2세는 즉시 드워프 광부들을 철수시켰다.

이신은 계속해서 추격해 1명을 더 죽였다.

새로 충원된 드워프 총수가 드워프 광부들을 구하러 온 바람에 더 이상의 추격은 하지 못했다.

하지만 그때 이미 전세는 크게 이신에게 기운 상황.

먼저 앞마당에 마력석 채집장을 구축한 이신은 마력 채집량에서 프리드리히 2세를 훨씬 웃돌았다.

이신은 조급하게 승부를 내려 하지 않았다.

유리할수록 침착하게 상대의 숨통을 끊어야 했다.

'여기서 그리핀은 의미가 없지.'

어차피 프리드리히 2세는 지금 방어를 위해 드워프 총수를 보유한 상황.

드워프 총수가 그리핀 편대를 잘 막아내면, 그리핀에 투자한 마력이 무의미해져서 괜히 상대에게 벌어진 격차를 줄일 기회를 주게 된다.

이신은 마법사를 준비했다.

또한 특수 병영을 짓고 공병을 소환해 열기구 제작을 시켰다.

프리드리히 2세는 드워프 관측병을 침투시켜 특수 병영을 확인했지만, 기사·투석기·열기구 중 어떤 것일지는 몰라 헷갈릴 터였다.

이윽고 병력을 충분히 모은 이신이 공격에 나섰다.

열기구가 본진에 침투했지만, 프리드리히 2세의 병력이 재빨리 본진에 돌아와 방어했다.

하지만 양동작전이었다.

주력 병력은 그대로 그의 앞마당을 공격했다.

물론 프리드리히 2세는 그리 녹록하지 않았다.

양동작전쯤은 기본이었기에 충분히 예상했던 바였다

다만,

"파이어 스톰!"

화르르륵!!

마법사는 몰랐을 뿐이었다. 알았어도 막기 어려웠을 테고 말이다.

이신이 결정타로 데려온 마법사가 잘 활약해 준 덕에 상대의 방어선이 무너졌다.

뚫린 방어선으로 방패병과 장창병이 침투해 앞마당에서 일하던 드워프 광부들을 살육했다.

프리드리히 2세의 전 병력이 급한 불을 끄기 위해 앞마당에 집중.

그러자 열기구가 다시 본진에 침투해 병력을 내렸다.

숨통을 끊는 마지막 일격이었고, 프리드리히 2세는 패배를 선언했다.

[악마군주 파이몬님의 계약자 프리드리히님께서 패배를 선언하셨습니다. 악마군주 그레모리님의 승리입니다.]

[악마군주 그레모리님께서 마력 5만을 획득하셨습니다.]

[악마군주 그레모리님의 마력 총량이 3,253,966이 되셨습니다. 서열의 변동은 없습니다.]

[악마군주 파이몬님의 마력 총량이 3,293,329가 되셨습니다. 서열의 변동은 없습니다.]

두 악마군주의 마력 총량 차이는 다시 4만 이내로 좁혀졌다.

프리드리히 2세도 이번에는 분통을 터뜨렸다.

"기가 막히는군. 어떻게 그런 식으로 싸울 생각을 할 수 있지?"

너무 쉽게 1패를 다시 내줘 버렸으니 화나는 게 당연했다.

맞부딪치지도, 그렇다고 피하지도 않으면서 계속 앞을 교묘하게 가로막은 노예들.

그 뒤 아슬아슬한 사거리에서 공격하며 치고 빠지는 궁병.

그리고 궁병이 1명 더 추가되는 타이밍에 정확히 반격.

특히나 그 반격이 실로 연주자들의 협연처럼 예술적이었다.

콜럼버스, 노예들, 궁병들이 한 치의 오차도 없이 완벽하게 움직여 드워프 총수를 잡은 것.

'미리 훈련시킨 게 아니고서야 어떻게 그렇게 움직이지? 그리고 그런 치밀한 반격을 그 짧은 틈에 생각했다는 것도 괴물 같고.'

이신의 반격은 미리 그런 상황을 가정하고 훈련시킨 것이 아니었다.

노예들의 모습에서 질서 정연한 제식 군기가 보이지 않았으니까.

그 상황에 맞는 이신의 즉흥적인 임기응변이라는 티가 났다.

그래서 더 어이가 없는 것이었다.

'훈련된 게 아니면 모조리 이신이 직접 조종했다는 뜻이다.'

머리 여럿 달린 괴물 같다는 표현이 실로 잘 어울렸다.

여러 명이 해야 할 일을 혼자 동시에 해냈으니 말이다.

'그 같은 복잡한 움직임은 훈련시킨다고 되는 일이 아니야. 중요한 교훈을 얻었군.'

공들여 군대를 훈련시킨 자신의 방식보다, 일일이 조종하는 이신의 방식이 더 강력한 상황이 있다는 것을 깨달은 4차전이었다.

'소규모 교전은 안 되겠다. 역시 처음 생각했던 대로 장기전

이 답이야.'

3차전에서 이긴 뒤로 해법을 알아낸 것까지는 좋았지만, 이번은 너무 오버했음을 인정했다.

이제부터는 절대로 초반의 기습 작전 같은 건 시도하지 않을 생각이었다.

'우직하게. 무식하게.'

프리드리히 2세는 다시금 스스로에게 다짐했다.

연이어 5차전이 벌어졌다.

이번에도 지면 서열이 뒤바뀌어 버린다.

거기다가 아직 이신은 비장의 카드를 꺼내지도 않았다.

'단체전에 더 자신이 있을 텐데, 실력을 겨루기 위해 일대일을 고집하고 있다.'

하지만 자기 실력을 충분히 증명했다 싶으면, 단체전을 제안할지도 몰랐다.

그러면 승부가 오히려 지금보다 더 어려워질 거라는 직감이 들었다.

이쪽이야 자신에게 빚이 있는 알렉산드로스를 우군으로 끌어들이면 되지만, 변수가 많은 단체전에서는 저 능수능란한 용병술과 임기응변으로 무장한 이신이 더 날뛸 터.

그게 프리드리히 2세에게 마음의 짐이 되고 있었다.

'이번에도 지면 잠시 물러나는 수밖에.'

그렇게 시작된 5차전.

이신은 1시, 프리드리히 2세는 7시에 자리 잡은 대각선 위치였다.

마지막 싸움이라는 생각에 프리드리히 2세는 과감하게 움직였다.

바로 앞마당에 마력석 채집장을 일찍 지으며 부유한 체제로 시작한 것.

이신이 초반에 공격을 가한다면 위험해질 수 있지만, 그렇게 되면 광부들까지 총동원해 어떻게든 막아보자는 생각이었다.

위험을 감수한 부유한 체제가 운이 따랐다.

서로 대각선 방향이라 거리가 먼 것.

거리가 멀수록 타이밍을 노린 초반 공격이 실패할 확률이 높다.

정찰을 통해 이신의 위치를 알게 된 프리드리히 2세는 쾌재를 불렀다.

'시작이 좋군.'

이러면 방어에 힘을 덜고, 대포 제작에 보다 투자할 여유가 있었다.

다수의 대포를 전진 배치해 전장을 잠식해 나가는 장기전을 펼칠 여건이 더 잘된 것이다.

'아직 행운의 여신이 날 완전히 버린 건 아니로군.'

1승 3패는 치욕이지만, 2승 3패는 아직 치열한 접전이라 표현할 만했다.

그리고 프리드리히 2세는 누가 얼마나 더 이겼냐는 산술적인 계산보다는 서열을 지키는 것이 더 중요하다는 것을 알았다.

설사 10번을 지더라도 1판을 크게 이겨서 서열을 지키면 이긴 거였다.

상황은 예상대로 흘러갔다.

그리핀과 열기구에 여러 차례 시달렸기 때문에 프리드리히 2세의 병력은 공중 방어를 철통같이 했다.

그러니 이신도 그리핀 1마리를 정찰용으로만 쓸 뿐, 지상군에 전념하는 수밖에 없었다.

지상전이라면 대포를 넘어야 한다는 뜻이었다.

'투석기로 맞대결을 할까, 기사단과 마법사로 돌파할까.'

이신은 고민했다.

투석기를 쓴다면 장기전이 된다는 뜻. 프리드리히 2세가 원하는 판이었다.

하지만 기사단과 마법사로 뚫기를 시도했다가 실패라도 하면 대포의 포화에 병력이 깡그리 녹아버린다.

'그리핀은 상대측도 내성이 강해졌고, 열기구도 번번이 당했

으니 더는 안 당할……'

거기까지 생각하다가 이신은 눈을 빛냈다.

'열기구!'

이신의 머릿속에 전략이 수립되었다.

그 뒤로 이신은 투석기를 조립해 전방에 배치했다.

대포 대 투석기의 구도가 이루어지나 싶었다.

하지만 이신은 기사들도 꾸준히 소환했고, 한편으로는 열기구도 제작했다.

병영에서도 석궁병과 방패병, 장창병이 꾸준히 소환되고 있었다.

마탑에서도 마법사가 소환되었다.

대체 무엇이 주력인지 의아스러워 보일지도 모르지만, 이신의 생각은 요약하자면 바로 토털 어택이었다.

모든 병과가 일제히 제 역할을 하는 최상의 전투로 적의 주력을 격파할 생각이었다.

프리드리히 2세는 대포를 계속 충원해 전선을 보강하며 장기전을 준비했다.

하지만 이신은 그의 생각처럼 길게 승부를 이어나갈 생각이 없었다.

최적의 타이밍이 이루어진 순간, 이신이 전 병력을 끌고 치고 나왔다.

"왔군!"

프리드리히 2세도 기다렸다는 듯이 맞섰다.

대포들이 이신이 공격해 오는 방면으로 모여들고 있었다.

드워프 총수들도 합류하여서 대포들을 호위했다.

어쩌면 마지막이 될 수 있는 장렬한 회전이 펼쳐지려 하고 있었다.

제6장

4위

정면으로 방패병이 앞서고, 석궁병들이 뒤따르며 돌격했다.

그들은 대포의 포격을 받아내는 맷집 역할. 하지만 로흐샨이 이끌고 있으므로 허망하게 포화에 휩쓸리기만 하지는 않을 거였다.

그사이에 뒤따라온 투석기들이 적을 사정거리 안에 둔 위치에서 다시 조립을 개시했다. 마르몽이 투석기를 이끌고 위치와 각도를 쟀다.

우익(右翼)을 맡은 기사단은 서영이 앞장서서 오른편에서부터 적의 옆구리를 쳤다.

어디 그뿐인가?

좌측에서 5척이나 되는 열기구가 나타나 적에게 향했다.

토털 어택!

모든 병과가 제 역할을 맡아 참여한 총공세였다.

심지어 1마리밖에 소환하지 않은 그리핀마저도 그 틈을 타서 적의 마력석 채집장을 공격했다. 등에 탄 2명의 석궁병이 일하는 드워프 광부들을 쏘며 괴롭혀 프리드리히 2세의 신경을 거슬렀다.

종합적인 총공세에 프리드리히 2세는 당황했다.

하지만 이내 침착하게 명령을 하달했다.

'당황 말고 대응해라!'

퍼퍼퍼펑!!

대포들이 일제히 불을 뿜었다.

콰앙! 콰르릉!

"으악!"

"악!"

앞장서서 달려들던 방패병과 그 뒤의 석궁병들이 죽어나갔다.

'총수들은 열기구를 최우선으로 격추시킨다!'

아군의 방어선을 무너뜨릴 가장 강력한 수단이 열기구임을 바로 알아차린 프리드리히 2세였다.

하지만 총공세가 펼쳐지는 와중이라 드워프 총수들은 열기구에만 신경을 쓸 수가 없었다.

이신은 1차전에서 선보인 바 있었던 낙하산 드롭 컨트롤을 혼신의 힘을 다해 펼쳤다.

열기구들이 제각기 5갈래로 날아가며 대포들의 머리 위에 장창병들을 떨어뜨린 것이다.

아군 속에 장창병들이 내려와 뒤섞이자 드워프 군대는 혼란에 빠졌다.

대포들도 아군과 섞여 있는 장창병들에게 포격을 가할 수가 없었다.

이는 SC로 치자면 괴물이 하늘군주에 병력을 싣고 인류의 기동포탑 머리 위에 드롭시키며 싸우는 플레이였다.

뒤엉켜서 포격을 하면 자기편까지 포화에 휩쓸려 공멸하도록 하는 전법!

거기서 가장 어려운 플레이가 있다.

바로 하늘군주에 타고 있는 괴물 주술사를 정확히 골라서 드롭시키고, 내리자마자 흑안개를 펼치는 것.

상대도 괴물 주술사를 최우선으로 죽이려 하기 때문에, 순발력과 정확도가 요구되는 최고난도 플레이였다.

이신도 이와 비슷한 플레이를 펼쳤다.

바로 마법사!

5척의 열기구 중, 마법사 3명이 타고 있는 열기구를 정확히 골라냈다.

마법사를 모두 내렸다.

내린 즉시 파이어 스톰을 사방에 펼치게 했다. 그때 지시를 내린 이신의 순발력은 그야말로 전광석화였다.

"파이어 스톰!"

"파이어 스톰!!"

"파이어 스톰!"

마법사들이 마법을 일제히 펼쳤다.

화르르르르르륵!!!

화르르르!

그야말로 사방이 불바다가 되었다.

각각 1방씩 마법을 펼친 마법사들은 곧바로 드워프 총수들의 총에 맞고 몰살당했다.

하지만 이미 펼쳐진 마법으로 인하여 프리드리히 2세의 진열은 완전히 붕괴되었다.

'전군 후퇴!'

다급히 병력을 퇴각시키는 프리드리히 2세.

'또 당했나.'

패퇴하는 그의 군대가 뒤쫓는 이신의 먹잇감이 되었다.

대포는 이동속도가 느려서 도주할 수 없었다. 끝까지 저항하다가 맥없이 파괴됐다.

'그 열기구에 또!'

또다시 적재적소에 병사를 골라서 떨어뜨리는 열기구 전술이었다.

이것만큼은 도저히 당해낼 수가 없었다.

패퇴한 프리드리히 2세에게 또 악재가 겹쳤다.

12시에서 깐죽거리던 그리핀 1마리가 기어코 그쪽 마력 채집을 마비시켜 버린 것.

그로 인해 만회할 수 있는 여력을 대폭 상실해 버렸다.

전투에 신경 쓰기도 바빠서 거기까지 미처 손이 닿지 않았던 결과였다.

'정말 강하다.'

프리드리히 2세는 인정할 수밖에 없었다.

이신은 너무나 강했다.

'내가 그린 그림 안에 가둘 수 있는 상대가 아니야.'

그가 그린 시나리오를 강제로 파괴하고 밀어붙이는 야성적인 공격력!

특히나 열기구 전술은 현재로서는 어떻게 방어를 해야 할지 감이 안 잡혔다.

한번 승기를 잡자, 이신의 진가가 드러났다.

다쳐서 약해진 먹잇감의 숨통을 끊는 것은 이신의 주특기였다.

전선이 무너진 틈을 타서 이신이 계속 거칠게 맹공을 퍼부었다.

12시, 앞마당, 본진, 연타로 공격이 펼쳐졌다.

상대가 그 3곳을 동시에 커버할 여력이 없다는 걸 알고 동시다발적으로 공격한 것이다.

삽시간에 프리드리히 2세의 진영은 너덜너덜해졌다.

결국…….

[악마군주 파이몬님의 계약자 프리드리히님께서 패배를 선언하셨습니다. 악마군주 그레모리님의 승리입니다.]

[악마군주 그레모리님께서 마력 5만을 획득하셨습니다.]

[마력 총량 3,303,966으로 악마군주 그레모리님께서 서열 4위가 되셨습니다.]

[마력 총량 3,243,329로 악마군주 파이몬님께서 서열 5위가 되셨습니다.]

마침내 서열이 뒤바뀌었다.

"끄응, 졌나."

악마군주 파이몬은 침음을 삼켰다. 그도 자신의 계약자가 어떻게 패전했는지를 보았다.

"하아, 피곤하군."

프리드리히 2세는 한숨과 함께 머리를 긁적였다.

실력을 겨루는 승부에서 상대에게 박살 나는 것은 정신적으로 매우 힘든 일이었다.

심지어 오늘 벌써 1승 4패였다.

"계속하겠다면 같은 전장, 같은 베팅으로 하자."

그레모리가 그들에게 통보했다.

프리드리히 2세는 고개를 저었다.

'무리다.'

더 싸워도 이기기 어렵다는 판단이 들었다.

이신은 새로운 물결이었다.

여태껏 본 적이 없는 방식으로 싸워서 잇달아 적을 격파했다.

극도의 정교함!

교전 시 보여주는 비정상적으로 디테일한 병력의 움직임은 통상적으로 훈련된 군대로 펼칠 수 있는 게 아니었다.

'그게 군대의 지휘관이 아닌, 계약자의 진정한 힘인가.'

병사 하나하나를 전부 조종하는 계약자의 지배력!

어쩌면 이신이 계약자들이 추구해야 할 새로운 방향을 제시한 것이라는 생각이 들었다.

"아무래도 어렵겠군?"

악마군주 파이몬이 프리드리히 2세에게 물었다.

프리드리히 2세는 고개를 끄덕였다.

"힘들다. 당분간은 이길 수가 없겠군."

"그 정도라고?"

"잘 봐둬."

프리드리히 2세는 이신을 턱짓으로 가리켰다.

"자기 악마군주를 1위로 올릴 친구야. 아무도 못 이겨. 나폴레옹도, 알렉산드로스도, 테무친도. 난 군대를 다시 훈련시켜야겠어. 최소한 저 친구와 또 마주쳤을 때 상대는 되도록 해야 하니까."

파이몬은 할 말을 잃어버렸다.

자신의 계약자가 이 정도의 극찬을 한 경우는 여태껏 없었다.

아니, 극찬을 넘어 두려움과 경외마저 보였다.

'그레모리가 마계 최고 서열에 등극한다고?'

그런 상상을 해본 파이몬은 고개를 휘휘 저었다.

"마계에 큰 격변이 일겠군."

아가레스나 바알 같은 전통의 대군주가 아닌, 바닥에서 올라온 그레모리의 최고 서열 등극.

그 성공 신화는 많은 악마를 자극시킬 것이다.

*　　　*　　　*

'역시나 이렇게 상대하는 수밖에 없었다.'

5차전 마지막 전투는 이겨도 져도 이상할 것 없었다.

이신은 1차전과 마찬가지로 이번에도 컨트롤로 승리를 거뒀다.

프리드리히 2세에 대한 해법은, 드워프로는 흉내 내기 어려운 빠르고 정교한 전투였다.

하지만 이 승리는 프리드리히 2세가 이신처럼 싸우는 계약자를 보지 못했기 때문에 대응을 못 한 것이다.

일단은 이신의 승리였지만, 프리드리히 2세는 돌아가면 이신에 대한 맞춤으로 군대를 훈련시킬 것이다.

'그럼 더 강력해진 프리드리히 대왕과 싸우게 되는군.'

그건 상당히 겁나는 일이었지만, 이신은 도리어 더 즐거워졌다.

아무렴, 그래야 재미가 있다.

"약속을 지켜야지."

프리드리히 2세가 문득 이신에게로 다가와 말했다.

"어느 약속 말입니까?"

"자네는 운이 좋았네."

프리드리히 2세는 품속에서 플루트를 꺼냈다.

그제야 이신은 승부에서 이기면 그의 연주를 듣기로 했던 일이 떠올랐다.

“자네의 행보를 지켜보겠네. 어디까지 날아오를 수 있을지 기대되네.”

그 말은 프리드리히 2세의 패배 선언이었다.

더불어 이신이 1위를 향해 도전하는 것을 방해하지 않겠다는 약속이기도 했다.

한마디로 당분간은 프리드리히 2세 측의 도전을 받을 걱정은 없다는 뜻이었다.

이윽고 프리드리히 2세는 연주를 시작했다.

인간이 펼칠 수 없는 연주였다.

* * *

한니발과 프리드리히 대왕을 이긴 뒤에 잠시 휴식 삼아 현실 세계로 돌아왔다.

잠에서 깨자마자 시끄러운 소리가 들렸다.

“예, 열심히 준비 중이고요. 이번에는 정말 금메달 따려고요. 은메달만 벌써 2개인데 이건 좀 아니잖아요?”

박영호가 개인방송을 하고 있는 소리였다.

'저 녀석은 정말 질리지도 않는 건지.'

시즌 오프가 되자 먹고 자고 방송만 하는 박영호.

그러면서 방송 끝나면 홀로 그랑프리에 대비한 연습까지 하니, 실로 독한 근성이었다.

"예예, 많은 격려의 말씀을 주시네요. 어차피 또 은메달, 와꾸가 이미 져 있다, 이신 구두나 닦게 생겼다 등등. 감사합니다. 블랙 넣어드릴게요."

박영호는 한차례 시청자들을 블랙리스트 명단에 넣으며 학살을 벌였다.

"밥 안 먹어?"

방송 중인 박영호의 등 뒤에서 이신이 말을 건넸다.

방송하는 데 괜히 방해한 것처럼 보이지만 실은 정반대였다.

—ㅅㅇㅅㅇ

—ㅅㅇㅅㅇ

—ㅅㅇㅅㅇ

—ㅅㅇㅅㅇ

—ㅅㅇㅅㅇ

시청자들의 알 수 없는 초성체 채팅이 범람했다.

이신은 고개를 갸웃거렸다.

"저게 뭔 소리야?"

"신이시여."

"……."

그랬다.

박영호의 개인방송 시청자들은 캠에 이신이 출연하면 그저 좋다고 난리였다.

"밥 먹을 때 되긴 됐지. 여기 앉아봐. 뭐 먹을지 같이 생각해 보자."

그리고 박영호는 이신을 억지로 옆자리에 앉혀놓고 둘이 함께 나오도록 캠을 조정했다.

박영호는 이신과 같이 사는 덕에 파프리카TV 시청자 순위 1위를 기록한 BJ였다.

"일하는 사람이 먹을 거 해놓고 갔어."

"에이, 좀 특별한 거 먹자. 만날 집 밥이냐?"

—먹방 가자!

—이신 형님, 먹방 좀 해주세요.

—먹방 각.

—신님 금메달 따세요. 영호는 은메달이 어울려요.

—캬, 금메달 은메달이 한 캠에 모여 있네.

—방종 하지 마ㅠㅠ

—ㅇㅅㅇㅅ

—ㅇㅅㅇㅅ

시청자들은 이신을 조금이라도 더 보고 싶다고 아우성이었다.

역시나 이신은 치트키였다.

이신의 등장 하나로 시청자 반응이 갑자기 좋아지자 박영호는 승냥이처럼 눈을 빛냈다.

"요리 콘텐츠 어때?"

"무슨 개소리야?"

"내가 요리를 하면 형이 먹고 평가하는 거야. 그리고 점수를 내는데, 10점 만점에 10점이 나오면 시청자분들이 나한테 별사탕 1천 개를 쏘는 거지! 9점이면 9백 개, 4점이면 4백 개."

"……."

이신은 어이가 없어서 할 말을 잃었다.

—또 별사탕 유도냐?

—징한 놈이다.

—응, 안 쏴.

—우리가 왜 쏘냐?

—나왔다, 뻔뻔 괴물.

—또 이신팔이 시작이냐ㅋㅋ

—저 사람이 바로 이신 모기 BJ인가요?

시청자도 어이없기는 마찬가지였다.

현실 세계에서의 휴식 첫날은 그렇게 흘러갔다.

*　　　*　　　*

주어진 휴가는 그리 길지 않았다.

소속 팀인 SC스타즈가 월드 SC 그랑프리 단체전에 출장하는데 장기 휴가가 있을 리 없었다.

이신도 닷새 정도의 짧은 휴식기가 주어져 있을 뿐이었다.

그랑프리 개인전도 준비해야 하는 만큼, 이번 여름은 작년보다 더 바빠질 듯했다.

'휴가가 끝나면 그랑프리 일정을 다 끝마칠 때까지 마계에 다녀올 겨를이 없겠군.'

한 번 훈련 및 그랑프리 일정을 소화하기 시작하면, 중간에 마계는 다녀올 수 없었다. 그러면 마계에 있었던 동안 게임에서 손을 놨던 것이 공백기로 작용하여서 훈련의 효과가 사라진다.

하지만 이신은 현재 마계에서도 서열 1위를 눈앞에 둔 중요한 시기였다.

그랑프리 일정을 다 소화한 이후로 미루려니, 목전에 둔 서열 1위가 아쉬웠다.

거기다가 여기서 시간이 끌리면, 위 서열의 계약자들에게 준비 시간을 더 주는 꼴이 된다.

'그러면 일단은 마계 일부터 다 끝낸 후에 휴가를 보내고 훈련을 시작할까?'

이신은 생각 끝에 그렇게 하기로 결정을 내렸다.

세 명밖에 안 남았다.

나폴레옹, 알렉산드로스, 테무친. 공교롭게도 세계 3대 정복자였다. 이 얼마나 재미있는 상대인가?

그리고 사실 이신은 요즘 게임보다 서열전이 훨씬 더 재미가 있었다.

'유닛이 다르니까.'

살아 있는 사람을 지휘하며 싸우는 전투가 게임의 전투보다 훨씬 박진감 넘친다.

서열전이 진짜 군대를 지휘하는 느낌이라면, 게임은 그냥 게임일 뿐이었다.

뭐, 사실 게임 그래픽이 아무리 좋아져도 전장에 직접 들어가서 보는 것만 못한 게 당연했다.

'그리고 이제 슬슬 서열전에서도 게임 실력을 제대로 구현할 수 있게 되었어.'

SC로 이신은 이미 끝을 봤다 해도 과언이 아니었다.

인공지능과의 대결을 통해 한차례 더 성장한 뒤로는 이 이상 더 잘할 수가 있나 싶을 정도였다.

하지만 서열전에서는 이신의 실력이 계속 성장 중이다.

무엇보다도 이제 2년이었기 때문에 아직 서열전은 질리지가 않았다.

이신의 흥미가 서열전에 쏠린 것도 무리는 아니었다.

'그렇다고 그랑프리에 소홀히 하면 예의가 아니지.'

솔직히 말하면 이제 게임은 다 내려놓고 싶은 심정이었다.

전성기 시절의 자기 자신을 그대로 구현시킨 인공지능을 꺾었을 때, 이신은 프로 게이머로서의 끝을 보았다.

뭘 해도 가능했던 그 어린 시절의 자신을 이 나이로 이기다니.

이제 게임으로 더 이룰 것이 없었다.

그래도 선수 생활을 지속하고 있는 것은 첫째는 계약, 둘째는 도전자들을 위해서였다.

자신을 꺾기 위해 필사적으로 노력하는 후배들을 위해서라도 올해 그랑프리는 한 번 더 노력할 것이다.

'일단은 마계부터 일단락 짓자.'

마계의 일을 남겨놓은 채로 그랑프리에 임하면 완전히 열정을 쏟기가 힘들 것 같았다.

지금도 게임 빌드 오더보다는 서열전의 전략이 더 머릿속에 떠오르고 있었다.

한번 흥미를 느끼면 끝을 볼 때까지 멈출 수 없는 자신의 성격을 스스로가 잘 알았다.

'서열 1위를 찍고 나면 그랑프리에 온전히 집중할 수 있겠지.'

결국 이신은 잠깐 휴식을 취한 뒤, 다시 마계로 돌아갔다.

"오셨습니까, 주군!"

"어제는 정말 대단하셨습니다."

사도들이 그를 반갑게 맞이했다.

그들은 이신이 이룩한 위대한 위업을 칭송하였다.

프리드리히 대왕 격파!

그것도 일대일로 순수한 실력을 겨뤄 이긴 성과였다.

한니발에 이어 프리드리히 대왕까지 일대일로 이기자, 마계는 가히 충격에 빠졌다.

이신의 실력이 뛰어날 거라는 예측은 이미 예전부터 있어왔지만, 10위 안으로 진입한 것은 단체전 덕분이라는 인식이 강했다. 실제로도 그러했고 말이다.

일대일로 10위 내의 계약자와 자웅을 겨룰 정도는 되지 않을 거라는 추측이 강했다.

아무래도 이제 겨우 2년밖에 안 된 계약자이기 때문에 아무리 자질이 뛰어나도 벌써 최고로 평가될 정도는 아닐 거라는 편견이었다.

하지만 뚜껑을 열어보니 웬걸?

오히려 한니발과 프리드리히 대왕이 이신의 적수가 되지 못했다.

압도적으로 패배한 나머지, 한니발과 프리드리히 대왕은 전장에 틀어박혀 개인 훈련에 매진하고 있다는 소식이었다.

이신은 이제 마계의 서열을 다시 정립시키는 새로운 물결이었다.

"테무친에 대한 소식은?"

이신이 물었다.

그러자 마계의 소식 수집을 담당하는 질 드 레가 답했다.

"현재 서열 1, 2, 3위는 서열전을 모두 중단한 상태입니다. 그리고 그들 모두 휴먼을 다루는 계약자를 물색해 초빙했다는 소식입니다."

그 말에 이신은 피식 웃었다.

나폴레옹도 알렉산드로스도 테무친도 이신과의 일전에 대

비한 훈련을 시작했다는 소식이었다.

마계를 주름잡는 세 계약자도 이신을 강력한 적수로 여기고 있다는 뜻이었다.

즐거운 일이었다.

자신을 이기기 위하여 어떤 대책을 준비했을지, 상대의 발상과 실력을 느껴보는 것은 이신이 아주 좋아하는 일이었다.

하물며 이번 상대들은 세계사를 주름잡았던 명장들이 아닌가.

"일단 우리도 오크 계약자를 찾아봐야겠군."

"상대가 한때 초원의 황제였다면 비슷한 사람이 가까운 서열에 있지 않습니까."

이존효가 나서서 말했다.

이신은 그가 말하는 사람이 누구인지 금방 알아들었다.

"바야투르 말인가?"

"예, 저는 테무친이라는 이름은 못 들어봤지만 묵돌 선우는 압니다."

묵돌 선우.

즉 현재 서열 9위의 계약자 바야투르.

동서남북으로 정복을 펼쳐 드넓은 영토를 지배했으며, 항우를 꺾고 한나라를 건국한 유방을 박살 내어 향후 100년간

공물을 바치게 만든 흉노의 전설.

인지도에서야 테무친처럼 유명하지는 않지만, 당대 아시아의 지배자라 해도 과언이 아니었다.

“같은 유목 민족 출신이니 훈련 상대로 적합하겠군요.”

서영이 거들었다.

‘확실히 바야투르가 가장 좋은 연습 상대이긴 한데.’

조아생 뮈라나 항우 같은 오크 계약자들은 자신의 용맹을 앞세우는 타입이라 테무친과 전혀 달랐다.

테무친은 건물을 옮길 수 있는 오크 종족의 특성을 전략적으로 활용할 줄도 아는 지휘관이었다.

‘그런데 바야투르가 연습 상대가 되어줄지 모르겠군.’

* * *

“훈련을 도와달라고?”

“그렇습니다.”

이신의 권속이자 단체전의 파트너로 유명세를 떨친 질 드레가 찾아와 청했다.

한동안 서열전이 없어 한가했던 바야투르는 그 제안에 솔깃했다.

‘언젠가는 이신과 붙어보고 싶긴 했는데.’

혜성처럼 등장한 이신은 최상위 계약자들의 공공의 적이었다.

단체전으로 10위 안에 진입하더니, 일대일에서도 한니발과 프리드리히 2세를 압도하며 모두를 놀라게 했다.

도대체 얼마나 강한 건지 직접 견식해 볼 기회였다.

'색다른 전략 전술을 구사한다던데 같이 모의전을 치르다 보면 배울 점이 많겠지.'

바야투르는 혁신적인 발상으로 최강자로 부상한 계약자들을 여럿 보았다.

그때마다 서열전의 풍조가 크게 달라졌는데, 거기에 적응하지 못하면 도태되어 버린다는 걸 잘 알고 있었다.

현재 마계에 변화를 몰고 오는 주인공은 바로 이신이었다.

하지만 바야투르는 짐짓 무덤덤한 표정으로 말했다.

"별로 나에게 득이 없는 제안 같은데?"

"득이 없지 않습니다. 이번에 도와주시면 주군께서도 바야투르 님이 필요하실 때 도움을 주실 겁니다."

"흐음, 보답이라."

바야투르는 고민하는 척했다.

빚을 지워놓았으니 다음번에 서열전 단체전이라도 치를 때 불러올 수 있었다.

"서로 득이 되는 얘기라고 생각되는데, 승낙하시죠?"

질 드 레가 채근했다. 그만 튕기라는 뜻이었다.

"하핫, 좋지! 까짓것 도와주고말고."

결국 바야투르도 호탕하게 웃으며 승낙했다.

그리하여 바야투르는 이신과 함께 매일 모의전을 치르게 되었다.

바야투르는 테무친에 대하여 많은 정보를 알려주었다.

"테무친은 제12 전장 레틴을 가장 선호하지. 그건 나 역시 마찬가지인데, 넓게 트인 지형이라 기병을 쓰기 좋거든."

그 말에 이신도 동의했다.

제12 전장 레틴은 중앙에 넓은 평지가 있었고, 본진과 앞마당의 거리가 꽤 멀었다.

앞마당으로 들어서는 통로도 넓은 편이라 방어하기 어려운 측면이 있었다.

이는 휴먼에게 불리하고, 오크에게는 더없이 유리한 지형적 조건이었다.

"이 전장에서는 휴먼에게 질 이유가 없다는 게 내 솔직한 생각이다."

"그럼 한 번 해보죠."

그렇게 시작된 모의전에서 이신은 초반부터 고전을 면치 못했다.

오크창기병과 오크궁기병으로 몰아치는 바야투르의 기세가 워낙에 날카로웠기 때문이다.

지형이 넓다 보니 투석기가 자리를 잡고 싸워도, 양방향에서 습격해 오는 기마군단을 막아내기가 까다로웠다.

마법사로 파이어 스톰을 펼쳐도 사방으로 뿔뿔이 흩어져 피하기 용이했다.

'확실히 싸움이 어려운 지형이군.'

그리핀 편대도 용이하지가 않았다.

이신이 그리핀 편대를 꺼내 들면, 바야투르는 오크궁기병의 비중을 늘려서 대응했다.

말을 타고 활을 쏘는 오크궁기병들은 탁 트인 전장에서는 비행 유닛과 다를 바가 없었다.

물론 무엇보다도 바야투르의 기마군단 다루는 솜씨가 탁월한 게 가장 컸다.

테무친도 최소한 이 정도 실력을 갖췄을 터였다.

이신은 계속 패턴을 바꿔가며 바야투르를 상대했다.

대량의 투석기가 모였을 때 진출하기도 했고, 기마 병력이 쌓이기 전에 병영 병력으로 치고 나가 승부를 걸기도 했다.

"능동적으로 나가서 싸우는 것을 좋아하는군."

모의전이 끝나고서 바야투르가 말했다.

"근데 상대가 그렇게 싸워주면 오크들은 편해. 병력이 얼마나 많건 간에 잘 덮치면 몰살시킬 자신이 있거든."

"덮치기 좋은 지형이긴 하죠."

"그렇기도 하고. 테무친은 나보다 더 신중한 편이긴 하지만, 그래도 밖으로 나온 상대를 일거에 덮쳐서 격파하기를 즐기는 건 똑같지."

"그럼 어떤 타입을 가장 싫어합니까?"

"딱 두 가지 유형이지. 나폴레옹과 알렉산드로스."

바야투르는 서열 1, 2위에 포진한 두 계약자를 언급했다.

"알렉산드로스는 오크보다 더 빠르고 공격적이어서 어렵지. 반대로 나폴레옹은 철두철미하게 한 발짝씩 안전하게 진군하는 타입이라 덮치기 까다롭고."

바야투르의 도움으로 이신은 극복해야 하는 과제가 어떤 것인지 알게 되었다.

제12 전장 레틴에서 기동성을 마음껏 펼칠 오크의 기마군단!

상대는 사상 최강의 기마군단을 이끌었던 테무친이었다.

'그래도 어떤 전략을 써야 하는지는 알았다.'

불리한 맵에서 싸워본 경험쯤이야 한두 번이 아니었다.

마계에서도 늘 도전자의 입장이었던 터라 상대에게 유리한 전장에서 싸워 이겨 나가야 했다.

하지만 그때마다 늘 해답을 찾아냈던 이신이었고, 이번에도 마찬가지였다.

이제 1위의 고지가 눈앞이었다.

제7장

테무친

몽골의 국부.

신이 내린 징벌.

칭기즈칸을 몹시 싫어하는 소련이 그의 흔적을 없애려 노력했으나, 친소련파 몽골 정치인들조차도 그의 흔적을 보존하고 연구하는 데 목숨을 바쳤다.

말에서 낙마하여 부상을 당한 뒤로 시름시름 앓다가 죽었다고 알려졌으며, 그의 무덤은 흔적도 남아 있지 않다.

그를 무덤에 옮기는 과정에서 만난 살아 있는 모든 걸 다 죽여 비밀로 했다는 전설도 있지만, 사치를 싫어하고 유목민의 전통을 중시한 그의 성향을 존중하여 평범하게 장례했기 때문에 흔적이 남지 않았다는 추측이 더 타당했다.

아무튼 여러가지로 흥미롭고, 아마 세계에서 가장 유명한 정복자일 사람을 눈앞에 마주하는 것은 매우 신비로운 기분이었다.

"또 보는군."

서열 3위 악마군주 발라파르의 계약자, 보르지긴 테무친이 인사를 건넸다.

이신도 고개를 끄덕였다.

"예, 반갑습니다."

인사를 주고받으면서도 이신은 뜬금없이 무덤 위치를 물어보면 알까, 하고 생각했다. 그걸 발견이라도 하면 고고학적으로 아주 파란이 벌어질 테니까.

"일전에 알렉산드로스의 편에 서서 나와 겨뤘었지."

"예."

그때 테무친은 바야투르와 함께 오크 기마군단의 강력함을 떨쳤다.

결국 이신이 그들을 격파하고 승리하는 데 크게 일조했으나, 이는 알렉산드로스가 한 편인 덕분이었다.

휴먼과 마물이 각자의 강점을 발휘하여서 이긴 승리였던 것.

이제는 마물이 없으니 이신 혼자서 그를 이겨야 했다.

물론 여차하면 단체전을 벌일 수도 있었다. 질 드 레는 오늘도 혹시 몰라 함께 대기 중이었으니까.

"그날의 인상적인 기억 덕에 오늘의 일전을 준비하는 데 고생이 많았네."

"마찬가지입니다."

"하하, 바야투르 그 친구가 도와줬다고 들었다. 나에 대해 많은 걸 일러주었겠군."

"큰 도움이 된 건 사실입니다."

"기대하지. 난 나보다 강한 상대를 만나는 게 두렵지 않다네."

상대가 얼마나 강력하든 결국은 뛰어넘고 말겠다는 의지의 표현이었다.

그야말로 테무친이 어떤 사람인지 잘 알려주는 말이었다.

아버지와 부족을 모두 잃고서도 다시 홀로 일어섰고, 자신보다 뛰어났던 라이벌 자무카도 결국은 뛰어넘었으니까.

어쩌면 나폴레옹이나 알렉산드로스처럼 타고난 천재보다는, 노력파에 더 가까운 지휘관일 터였다.

그리고 이신은 그런 끈질긴 도전자를 아주 좋아했다.

프로리그를 보내면서, 자신을 진심으로 이기겠다고 덤비는 상대보다는 희생양으로 나온 상대를 더 많이 만났으니까.

서열전이 즐거운 이유 중 하나는 계약자들이 하나같이 한 가닥씩 했던 대단한 인물들이라 절대 굴하지 않는다는 것.

—그럼 시작해 볼까?

악마군주 발라파르가 말했다.

그레모리 역시 고개를 끄덕였다.

—제12 전장 레틴. 마력은 5만.

"좋다."

다행히 중점적으로 준비한 전장이었다.

오크에게 좋은 전장이므로 꼭 다행이랄 수는 없었지만.

[악마군주 그레모리님과 악마군주 발라파르님의 서열전입니다. 전쟁의 승패가 서열과 마력에 영향을 줍니다. 마력은 5만이 베팅됩니다.]

[마력 10만이 마력석이 되어 전장에 유포됩니다.]

[종족을 선택해 주십시오.]

"오크."

"휴먼."

테무친과의 대결, 그 첫 번째 서열전이 시작되었다.

이곳 제12 전장 레틴에서는 과거 동탁도 상대해 보았다.

그때도 이신의 선택은 최대한 빨리 투석기를 제작하는 것.

앞마당은 그 이후에 가져가는 것이 안전했다.

물론 상대가 초반부터 공격해 올 의사가 없다면 보다 여유를 갖고 앞마당을 빨리 가져가도 되지만 말이다.

그나마 프리드리히 2세와 싸웠을 때와는 달리 정찰이 용이한 게 다행이었다.

오크의 초기 전투 병과는 오크 전사인데 원거리 공격을 하지 못하므로 콜럼버스가 쉽게 따돌릴 수 있었으니 말이다.

조금은 전략적인 정찰이 필요했다.

이신은 본진에 병영을 지으면서 콜럼버스에게 정찰을 시켰다.

이신의 위치는 7시.

콜럼버스는 곧바로 대각선 방향인 1시부터 향했다.

만약 1시에 테무친이 있다면, 서로 거리가 먼 대각선 위치라 초반에 공격받을 위험이 적어지므로 방어에 덜 투자해도 된다. 이신은 그걸 노리고 대각선 정찰부터 실행한 것이다.

확률은 3분의 1.

운이 좋게도 1시에서 테무친의 오크 진영을 발견할 수 있었다.

'됐다.'

이신은 쾌재를 불렀다.

병영 완공 후, 이신은 곧장 앞마당에 마력석 채집장을 구축했다.

콜럼버스는 계속 테무친의 진영에 머물면서 정찰을 했다.

테무친은 오크 전사를 소환할 생각이 전혀 없어 보였다.

바로 오크창기병부터 소환할 생각인 듯했다.

'나도 거기에 맞추면 되겠군.'

초반에 다소 여유가 생기자 이신도 과감하게 운영했다.

궁병은 1명만 소환한 채, 바로 특수 병영을 짓고 공병을 소환했다.

첫 소환된 공병은 단연 사도인 마르몽이었다.

'투석기를 제작해.'

"예, 주군."

슬슬 오크창기병들이 나올 타이밍이었다.

거기에 맞춰서 이신도 궁병을 4명까지 소환하고, 앞마당에 화살탑을 지어서 안에 넣어놓았다.

그런데 의외로 오크창기병은 이신이 예상한 타이밍에 나오지 않고 있었다.

'오크궁기병부터 소환할 생각이군.'

그렇다면 콜럼버스는 이제 슬슬 그 진영에서 빠져나와야 했다.

말을 타고 활을 쏘는 오크궁기병에게 쫓기면 콜럼버스라도 따돌릴 수가 없었으니까.

'돌아와라.'

"옙!"

콜럼버스는 테무친의 1시 진영에서 빠져나왔다.

*　　　*　　　*

테무친은 시간과 마력을 낭비 없이 오크궁기병의 테크 트리에 쏟았다.

때문에 이신이 투석기 1기를 완성하고, 2번째 투석기를 제작하기 시작했을 즈음에는 오크궁기병이 4명까지 모였다.

'가라.'

오크궁기병 4기가 이신의 진영으로 바람처럼 달려갔다.

이신의 앞마당 앞은 화살탑 1채와 그 안에 든 궁병 4명으로 방어가 되어 있었다.

본진 안에도 투석기가 배치되어 있으리라고 충분히 예상할 수 있었다.

하지만,

'망설이지 말고 돌입하라!'

테무친이 명령을 내렸다.

공격할 때는 조금의 머뭇거림도 없어야 했다.

오크궁기병 4기는 이신의 진영에 도착하자마자 곧바로 안으로 돌입해 버렸다.

망설임 없는 그 과감성에 이신도 놀랄 정도였다.

화살탑에서 궁병들이 화살을 쏘고, 본진에서도 투석기가 바위를 쏘았다.

그 바람에 오크궁기병 1기가 즉사했지만, 다른 3기가 앞마당 안까지 들어왔다.

그대로 본진으로 들어가려는 찰나!

"막아라!"

"못 들어가게 해!"

앞마당에서 일하던 노예들이 우르르 뛰쳐나와 출입구를 막아섰다.

과감한 기습이었음에도 이신 역시 반응이 굉장히 빨랐다. 테무친의 목적이 본진 내부 침투라는 것을 알아차린 것.

하지만 그대로 물러났다면 테무친은 평범한 사내였을 것이다.

일단 칼을 빼 든 테무친은 멈추지 않았다.

'죽이고 돌파하면 된다.'

오크궁기병들은 즉각 출입구를 가로막은 노예들을 하나하나 쏴 죽였다.

3명쯤 죽인 후에야 출입구가 뚫렸다.

오크궁기병들의 돌입 속도가 워낙 빨랐던 탓에, 이신 역시 대응이 빨랐음에도 완전히 출입구를 차단하지는 못한 것이다.

다만 투석기가 다시 한번 바위를 쏘아서 오크궁기병 1기가 더 죽었다.

그 바위의 여파로 노예 1명도 같이 희생되었다.

2기밖에 남지 않은 오크궁기병들이 본진 안에 들어왔다.

그들은 곧장 투석기부터 공격했다.

[계약자 보르지긴 테무친의 사도 상급 악마 크룩크스가 능력 독화살을 사용합니다.]

[독화살에 맞은 대상의 체력이 지속적으로 깎입니다.]

쉬쉭—

콰곽!

“크헉!”

투석기를 조종하던 마르몽이 속절없이 화살에 맞아 사망했다.

급소를 비켰기에 좀 더 버틸 수도 있었으나, 독화살에 중독된 탓이 컸다.

당연하지만 테무친의 이 기습 작전에는 사도가 앞장서고 있었던 것이다.

'또 다른 투석기를 노려라!'

연이어 오크궁기병 2기는 투석기를 제작 중이던 또 다른 공병에게 화살을 쐈다.

[계약자 보르지긴 테무친의 사도 상급 악마 크룩크스가 능력 독화살을 사용합니다.]

[독화살에 맞은 대상의 체력이 지속적으로 깎입니다.]

콰직!

"컥!"

이번에도 공병은 속절없이 죽어버렸다.

완성된 투석기 1기와 미완성된 투석기는 그대로였으나, 그걸 제작하고 조종해야 하는 공병들이 죽어버린 것.

공병이 새로 소환될 때까지 그 투석기들은 무용지물이 되었다.

가장 큰 위협이었던 투석기들이 무용지물이 되자, 오크궁기병 2기는 이신의 본진 안에서 마음껏 날뛰기 시작했다.

이신은 본진에서 일하던 노예들을 총동원했다.

"잡아!"

"못 달아나게 둘러싸야 돼!"

"젠장!"

노예들이 넓게 포진하여서 오크궁기병들을 몰이 사냥했다.

노예들이 일을 못 하고 싸움에 동원된 것만으로도 피해였다.

하지만 피해를 감수해서라도 오크궁기병들을 잡아야 했다.

그렇지 않으면 이리저리 날뛰는 놈들에게 본진 전체가 마비될 수 있기 때문이다.

노예 2명이 더 죽은 끝에야 오크궁기병들을 좌측 구석에 몰아넣었다.

그리고…….

파아앗!

[계약자 이신의 사도 상급 악마 콜럼버스가 능력 블링크를 사용합니다.]

[10미터 범위 내에서 순간 이동을 합니다. 3초 이내에 다시 사용하면 원래의 위치로 돌아갑니다.]

놀랍게도 본진 바깥쪽에서부터 콜럼버스가 블링크로 외벽을 건너뛰며 들어왔다.

들어오자마자 날렵하게 마비침을 난사했다.

예상 못 한 콜럼버스의 깜짝 출현에 오크궁기병 2기는 속절없이 마비되었다.

"됐어! 어서 조져!"

콜럼버스가 소리쳤다.

노예들이 일제히 달려들어서 오크궁기병들에게 린치를 가했다.

노예들과 마구 뒤엉킨 탓에 오크궁기병들은 활을 제대로 쏘지 못하고 그대로 사망했다.

그렇게 오크궁기병 4기의 기습 공격은 막아냈지만, 받은 피해가 너무 컸다.

노예 6명.

공병 2명.

거기다가 노예들을 대거 싸움에 동원하느라 마력석 채집을 못했던 손해까지!

테무친의 기습은 대성공이었다.

그리고 더 큰 문제는, 그걸로 끝난 게 아니라는 사실이었다.

[적이 출현했습니다!]

추가로 소환된 오크궁기병 3명이 앞마당에 들이닥쳤다.

공병이 추가로 소환될 때까지 투석기가 작동 못 한다는 점을 테무친이 놓치지 않고 계속 공격을 퍼붓는 것이었다.

이번에는 본진 침투가 목적이 아니었다.

화살탑에서 쏘는 궁병들의 화살을 맞아가면서 들이닥친 오크궁기병 3기는 앞마당에서 일하는 노예들을 공격했다.

노예의 숫자를 줄여서 이신을 더 가난하게 만들 작정이었다.

하지만 이번에는 이신의 임기응변이 빛을 발했다.

특수 병영에서 소환된 병과는 공병이 아니었다.

[기사가 소환 완료되었습니다.]

[계약자 이신님의 사도 상급 악마 서영이 소환 완료되었습니다.]

서영은 소환되자마자 말을 타고 달려가 오크궁기병들을 공격했다.

노예들도 함께 호응하여서 오크궁기병들을 도망 못 가게 몰아넣었다.

이신은 콜럼버스에게 빙의하여서 공격받는 노예들을 치유했다.

그렇게 오크궁기병 3기를 처치하는 데 성공했다.

재차 추가 공격이 있을 것을 예상하고 기사 서영을 우선 소환한 판단이 적중한 덕분이었다.

하지만 이번 습격에도 노예 3명이 더 죽고 말았고, 이신은 매우 가난한 상태였다.

전황은 크게 불리했다.

'내가 테무친이라면……'

그때 또다시 적이 출현했다.

이번에는 오크궁기병과 오크창기병이 함께였다.

'그래, 저러겠지.'

테무친은 쉴 새 없이 계속 몰아치고 있었다.

*　　　*　　　*

승부사 테무친은 유리한 상황을 놓치지 않고 집요하게 공세를 퍼부었다.

오로지 마력이 모이는 대로 병력만 모아 공격을 보냈다.

더 이상의 발전을 포기한 채 공격에 목숨을 건 듯한 운영이었지만, 이신의 상황에 비하면 조족지혈이었다.

이신은 많이 희생된 노예도 충당해야 했고, 그러면서 병력도 모아 방어에 투입해야 하는 이중고에 시달렸다.

오크궁기병들의 침투로 인해 노예를 잃은 것이 이신을 계속 가난하게 만들고 있었다.

그런 상황 속에서도 이신은 질기게 버텼다.

일단 공병이 소환되어 투석기가 재가동되면 한숨 돌릴 수 있게 된다.

하지만 그전에 방어선이 뚫리지 않고 버틸 수 있느냐가 관건이었다.

'병영 건설.'

이신은 노예 한 명을 시켜 앞마당 앞에 병영을 건설케 했다.

화살탑과 함께 병영 건물이 들어서면서 앞마당으로 진입하는 통로가 좁아지는 심시티 디펜스였다.

좁아진 통로는 서영이 지키고 서서 처절하게 싸웠다.

"다 덤벼라!!"

[계약자 이신의 사도 상급 악마 서영의 능력 평정심을 사용합니다.]

[본인 및 아군을 각종 혼란에서 회복시킵니다.]

[주변 아군의 사기와 방어력이 일시적으로 상승합니다.]

장판파의 장비가 이러했을까?

서영은 밀려드는 오크의 기병을 상대로 길목을 지키기 위해 싸웠다.

물론 콜럼버스에 빙의한 이신의 치유 능력이 뒷받침해 주고 있었다.

그렇게 쏟아붓는 치유 능력에도 마력이 소모되었다.

게다가 테무친은 교묘하게도 오크창기병으로 서영을 공격하면서, 오크궁기병으로는 방어에 동원된 이신의 노예들을 야금야금 쏴 죽였다.

병력 소모는 테무친이 더 컸지만, 누적 피해는 이신이 더 컸다.

범인(凡人)의 시각으로는 무모한 공격을 고집한다고 볼 수 있지만, 테무친은 이 전투가 자신이 더 이득이라는 계산을 할 줄 알았다.

'역시 서열 3위인가.'

너무도 단순 명쾌하고도 신속한 기습 공격에 도리어 이신은 크게 허를 찔렸다.

그 후에 계속 몰아쳐서 드러난 빈틈을 파고드는 솜씨도 일품!

결국 새로 소환된 공병이 방치되었던 투석기를 잡음으로써 공세를 막아낼 수 있었지만, 이미 이신은 피해가 심각해져서 너덜너덜해진 상태였다.

'졌군.'

격차가 너무 크게 벌어졌다.

이신은 이번 1차전에 더 미련을 갖지 않았다.

다만 2차전에 대해 생각도 하고, 테무친에게 피로도 누적시킬 겸 항복하지 않고 항전을 계속했다.

이신은 이미 승부를 포기했으므로 부담 될 게 없었지만, 테무친으로서는 완전한 승리의 순간까지 방심하면 안 되는 것.

단순히 테무친을 피곤하게 만들려는 항전이었지만, 이신은 하고 싶은 대로 실험적인 전술을 많이 시도해 보았다.

예를 들면, 오크궁기병에게 막힐까 봐 쓸 생각을 하지 않았던 그리핀 편대였다.

앞마당을 겹겹이 심시티로 틀어막아 놓고 투석기도 배치해 방어를 해놓았다.

그러고는 안심하고 그리핀 편대로 마음껏 전장을 휘저었다.

그런데 그것이 생각보다 더 테무친을 피곤하게 만들었다.

오크궁기병이 전장 곳곳에 퍼져서 대규모의 지대공 방어선을 만들었는데, 이신은 그리핀 편대로 그 방어선을 피해 다니며 약한 곳만 골라 야금야금 피해를 입혔다.

스릴을 즐기고 얄밉게 치고 빠지며 상대를 괴롭히길 좋아하는 이신다운 플레이.

승부를 포기한 이신으로서는 거의 취미였는데, 이걸 일사불란하게 막아내는 테무친으로서는 골치가 아팠다.

'아냐. 어차피 내가 이긴 싸움인데 심력 낭비를 할 필요가 없지.'

테무친도 이신의 의도를 알고 있었다.

최상위권 계약자들끼리 대결할 때 흔히 사용하는 전술 중 하나였다.

한두 판의 싸움으로 끝나는 승부가 아니므로, 상대의 정신적 피로를 노리는 계략도 당연히 있었다.

이럴 땐 어떻게 해야 하는지 테무친은 알았다.

'모기에게 물린다고 죽지 않는다. 확실한 승리만 만들 뿐이다.'

테무친은 전장 전체를 철저히 감시하며 이신이 밖으로 나오지 못하게 꽁꽁 가둬놓았다.

그러면서 자신은 2곳에 마력석 채집장을 구축했다.

그렇게 마력 채집량에서 큰 격차를 만들어놓고는, 병력이 소환되는 전사양성소 건물을 일제히 중앙 지역으로 옮겼다.

중앙에서 병력을 뽑아 바로 이신을 치러 갈 수 있도록 한 조치였다.

그리핀 편대가 교묘하게 전장 곳곳을 누비며 활약했지만, 거기에 대해서는 크게 신경 쓰지 않았다. 그 정도 피해 가지고는 승부에 전혀 지장을 주지 않으니까.

하지만 그 결과 테무친의 지대공 방어선은 아까보다 느슨해질 수밖에 없었다.

대세를 지킬 뿐 거기에 몰두할 필요는 없다는 테무친의 판단은 정론.

하지만 지대공 방어선이 느슨해지자 그리핀 편대의 활동 반경이 점점 늘어나면서 이신은 딴생각을 하기 시작했다.

역전을 노리는 것까지는 아니었지만, 테무친을 어떻게 더 괴롭혀 줄지 아이디어가 샘솟게 된 것이었다.

'옳은 선택이긴 하지만, 나로서는 고마울 뿐이군.'

차라리 지대공 방어선을 더욱 철저하게 해서 그리핀 편대를 못 움직이게 봉쇄했더라면 답답한 건 아무것도 할 게 없는 이신이었을 것이다.

그런데 무언가를 해볼 여지를 남겨준 것이다.

다름 아닌 이신에게 말이다.

이신은 마력을 쥐어짜서 열기구 1척과 마법사 2명을 소환했다.

본진의 마력석은 이미 고갈됐고, 앞마당도 바닥을 보이기 시작하고 있었다.

하지만 이신은 예술적인 마력 관리로, 장창병까지 다수 소환했다.

작전을 구사할 말들이 준비되자 마침내 이신이 움직였다.

그리핀의 위에 석궁병이 내리고 대신 장창병들이 올라탔다.

그리고 마법사 2명을 태운 열기구 1척과 함께 움직였다.

그리핀 편대가 출현하자 테무친은 습관처럼 오크궁기병들

을 보냈다.

하지만 그리핀 편대는 오크궁기병이 접근하자 평소처럼 달아나지 않고, 오히려 기다렸다는 듯이 달려들었다.

"다 죽여 버려라!"

[계약자 이신의 사도 상급 악마 이존효가 능력 광기를 사용합니다.]

[주변 아군이 광기에 휩싸여 공격력이 크게 강화되었습니다.]

그리핀 편대의 새로운 수장인 이존효가 포효했다.

"취이익!"

"취익!"

근접전에 약한 오크궁기병들은 장창병들이 탄 그리핀 편대의 돌격에 당해 크게 격파당했다.

그제야 테무친도 그리핀 편대에 장창병들만 탔다는 걸 알게 되었다.

'교묘한 속임수를……. 하지만 대세를 거스르는 책략은 아니었다.'

테무친은 다시 오크창기병들도 내보내 오크궁기병과 합세하게 했다.

그리고 다시 교전이 펼쳐졌는데, 이번에는 다시 석궁병들을 태워 U턴 샷으로 치고 빠지는 이신이었다.

그리핀 등 위에 석궁병과 장창병을 교대로 태우며 교전에서 이득을 거두었다.

이신은 그렇게 계속 테무친을 자극시켰다.

노한 테무친이 총공격을 했다가 병력을 꼬라박게 만들려는 목적!

'계기를 만들어주지.'

드넓은 중앙 지역의 벌판에서 싸우면 이신이 어떻게 해도 테무친을 이기기란 무리였다.

그래서 이신은 한정된 공간으로 테무친을 끌어들여야 했다.

그건 간단했다.

블링크로 외벽을 건너뛰어 밖으로 나온 콜럼버스가 9시 지역에 마력석 채집장을 구축하기 시작한 것이다.

마력이 고갈된 이신이 새로운 마력 공급원을 갖는 것은 테무친이 매우 꺼리는 일이었다.

계속해서 이신의 도발에 자극을 받았던 테무친은 9시를 치는 데 전 병력을 동원하는 결단을 내렸다.

오크창기병과 오크궁기병 대군이 9시로 몰려들었다.

그리핀 편대가 마중 나와서 U턴 샷으로 대응했지만, 인해 전술로 밀려드는 대군을 막기란 무리였다.

하지만 그렇게 테무친의 군세가 9시에 진입했을 때였다.

'전군 진격!'

이신도 칼을 뽑아 들었다.

본진에 틀어박혀 있던 투석기들이 일제히 밖으로 나온 것이었다.

이신의 본진은 7시.

7시 앞마당에서 대기하고 있던 투석기들은 바로 옆인 9시의 진입로까지 금방 치고 나왔다.

그러고는 일제히 재조립!

9시로 밀고 들어왔던 테무친의 병력들이 도리어 9시에 갇힌 결과를 낳았다.

그제야 테무친은 이신의 의도에 말려들었음을 깨달았다.

'뒤돌아 투석기들을 격파해라!'

기마군단이 일제히 투석기들을 향해 돌진했다.

오히려 투석기들이 바깥으로 나온 지금이 기회라고 여겼다.

대회전이 펼쳐졌다.

투석기들이 일제히 바위를 쐈다.

9시라는 한정된 공간에 갇혀 있던 터라, 오크 기마군단은 날아오는 바위를 피하기가 여의치 않았다.

이존효를 비롯한 장창병들은 투석기를 지키기 위해 필사적으로 싸웠다.

그리핀 편대는 언덕을 넘나들며 끊임없이 U턴 샷을 펼쳤다.

이신은 콜럼버스에 빙의하여서 치유 능력을 아낌없이 퍼부었다.

그리고 마지막 일격.

열기구를 타고 온 마법사들이 파이어 스톰을 잇달아 펼쳤다.

화르르르르르!!!

화르르르르!!

이신의 모든 병과가 완벽하게 맞물려졌다.

결과는 놀랍게도 압도적인 격차에도 불구하고 이신의 대승이었다.

이신 역시 살아남은 병력이 많지 않았지만, 테무친은 전멸!

기적처럼 모든 게 완전하게 맞아떨어진 대승!

이신은 비로소 역전의 희망을 느꼈다.

역전을 위해서는 필요한 조건이 하나 더 있었다.

'빼라, 테무친.'

이신은 그저 기도했다.

테무친이 중앙으로 옮겨놓았던 전사양성소 건물들을 다시

뒤로 빼라고.

병력을 모두 잃는 바람에 중앙 지역으로 옮겨놓았던 건물들까지 위험에 노출되었다고 그가 생각하길 바랐다.

건물을 안전한 곳으로 옮기면, 그동안 테무친의 추가 병력 소환이 중단된다.

그러면 그사이에 이신은 마력석 채집장을 여러 곳에 가져가고 진영을 재정비해 대등한 상태로 테무친과 자웅을 겨룰 수 있게 된다.

대승을 거두긴 했으나 이신도 더는 여력이 없었기 때문에 테무친의 오판에 기댈 수밖에 없었다.

테무친이 대패로 멘탈이 나간 상태라면 충분히 오판할 수도 있으니까.

하지만…….

'물러서지 않는다!'

테무친은 정확한 결단을 내렸다.

대패의 충격에 정신이 나간 것은 이신의 생각대로였다.

테무친은 병력 태반을 잃어 자신이 갑자기 불리해졌다고 여겼다.

하지만 아무리 불리하더라도, 이 드넓은 중앙의 평원에서 유목 민족이 싸워보지 않고 도망친다?

이미 충분히 스스로에게 화가 나 있던 테무친은 거기까지는 자존심이 용납지 않았다.

기마병의 장점을 살려 어떻게든 대적해 보겠다는 의지였다.

상대인 이신도 그 어려운 상황에서 절묘한 대승을 거두지 않았나?

'나도 의지를 보여주마. 이대로 순순히 물러나 네게 재기할 기회를 주지 않을 것이다.'

엄청난 패전을 당하는 바람에 자신이 불리해졌다고 정신적으로 위축된 것까지는 이신이 의도한 대로.

하지만 테무친은 그래도 안 물러선다는 불굴의 의지를 보였다. 그게 그를 살렸고, 이신의 희망을 꺾었다.

테무친의 착각과 달리, 이신은 중앙 지역까지 밀어붙일 여력이 전혀 없었으니까.

시간이 지나도 이신이 공격해 오지 않자, 비로소 테무친도 냉정을 되찾았다. 자신이 아직 한참 유리하는 것을 깨달았다.

이윽고 테무친은 역습을 펼쳤고, 이신은 패배를 선언했다.

쉽게 끝날 것 같았던 1차전은 손에 땀을 쥐어야 했던 극적인 명승부로 종료되었다.

*　　　*　　　*

[악마군주 그레모리님의 계약자 이신님께서 패배를 선언하

셨습니다. 악마군주 발라파르님의 승리입니다.]

[악마군주 발라파르님께서 마력 5만을 획득하셨습니다.]

[악마군주 발라파르님의 마력 총량이 3,520,000이 되셨습니다. 서열의 변동은 없습니다.]

[악마군주 그레모리님의 마력 총량이 3,253,966이 되셨습니다. 서열의 변동은 없습니다.]

1차전은 패배하고 말았다.

사실 초반에 벌어진 테무친의 과감한 기습이 성공했을 때 이미 승기는 기울어진 상태였다. 초반에 입은 피해는 시간이 흐를수록 큰 격차로 이어지는 법이니까.

그걸 역전하기 직전까지 끌고 간 이신의 역량이 대단한 것이었다.

이신은 패배는 잊고 이어질 2차전을 준비했다.

그런데 그가 미처 예상치 못했던 난관이 있었다.

그레모리가 몹시 곤란한 표정으로 그에게 말했다.

"카이저, 안 좋은 소식이에요."

"무슨 일입니까?"

"전에 파이몬과 겨뤘을 때 서열이 바뀌자마자 그가 승복하고 물러난 걸 기억하시나요?"

"예."

프리드리히 2세는 서열 4위의 자리를 빼앗기자 이신과의 실력 차이를 인정하고는 도전을 하지 않고 물러났다.

"파이몬이 일찍 물러난 탓에 저와 그의 마력 차이가 얼마 나지 않아요."

"그런데 그게……."

그게 지금 무슨 상관이냐고 물으려다가 이신은 순간 아차 싶었다.

그레모리는 난감한 얼굴로 답했다.

"테무친이 지금 소원으로 마력을 요구하면 전 서열 5위로 하락해요."

이신이 전혀 신경 쓰지 않고 있었던 문제.

바로 아래 서열인 5위와의 마력 총량이 얼마 나지 않는 것!

때문에 1차전에서 져서는 안 되는 거였다.

대결에서 이기는 데만 집중했던 이신으로서는 그걸 미처 몰랐다.

"왜 1차전에서 지면 안 된다고 진작 말씀해 주시지 않은 겁니까?"

"그런 말을 하지 않아도 매번 최선을 다하시는 것을 아니까요. 무엇하러 그런 말로 부담을 더 드리겠어요?"

그레모리의 말에 이신은 꿀 먹은 벙어리가 되었다.

확실히 그런 이야기를 미리 들었더라면 부담이 가중되었을 것이다.

패배하긴 했으나 그렇다고 이신이 대충 싸운 것은 아니었다.

1차전에서 반드시 이겨야 한다는 명제가 붙었으면 이신은 필살 전략을 첫판부터 꺼내야 하는 등의 무리수를 둬야 했을 테니까.

그런 부담은 다전제 승부에 좋은 영향을 주지 못한다.

"…이번 도전은 실패군요."

이신은 떨떠름한 표정으로 중얼거렸다.

실패라니?

자신의 인생에서 가장 거리가 먼 단어를 꺼내기가 어색했다.

"아쉽지만 그럴 때도 있는 법이에요. 그동안 너무 급하게 달려왔으니 때로는 잠시 물러나는 것도 필요하다고 생각해요."

오히려 그레모리가 이신을 위로했다.

마력을 잃고 서열이 강등되는 것은 그녀였지만, 누구보다도 승부에 집착하는 이신의 성정을 잘 알고 있기 때문이었다.

상대측도 그들의 사정을 알아차린 듯했다.

악마군주 발라파르와 테무친도 무언가 신중하게 상의를 하는 모습이었다.

마력에 무척 민감한 악마군주가 이 사실을 모를 리가 없었다. 아무리 방대한 마력을 지녔어도 단 1마력도 아까워하는 족속들이 바로 악마였다.

이신은 문득 그레모리에게 제안했다.

"제가 마력을 드리면 어떻겠습니까?"

이신도 10만에 달하는 마력을 지녔다. 최하위급 악마군주에 맞먹는 엄청난 마력인데, 이신은 이 마력에 대해 전혀 욕심이 없었다.

"그럴 수는 없어요."

좋은 아이디어라고 생각했는데 의외로 그레모리는 단호하게 거부했다.

그녀가 설명했다.

"마력은 모든 악마에게 소중한 것인 만큼, 악마군주인 제가 다른 이에게 마력을 빌린다는 것은 평판이 크게 실추되는 일이에요. 처벌의 의미로 권속에게서 마력을 빼앗는 일은 있어도요."

그렇듯 단호하게 말하니 이신도 수긍할 수밖에 없었다.

'지인이 돈 빌려달라고 찾아오는 것과 비슷한 경우인가.'

이신은 지인이라 말할 수 있는 사람이 별로 없어 그런 일이 없었으나, 나이가 어려 돈 관리를 못해 피해를 본 선수들은 꽤 보아왔다.

때마침 테무친 측도 결론이 나온 모양이었다.

테무친이 이신 일행에게 다가왔다.

그는 우선 이신을 바라보며 웃어 보였다.

"멋진 승부였네. 적어도 난 그렇게 생각하는데."

"저도 마찬가지입니다."

서로 한 방씩 주고받은 명승부였다.

멋진 패배 따윈 없다는 게 이신의 지론이었지만, 재미있는 싸움이었음은 인정했다.

"완승을 거뒀다면 모를까, 이런 싸움을 해놓고 발을 빼버리면 내가 겁을 먹었다는 오해를 살지도 모르는 일이지."

"……."

테무친은 이어서 그레모리에게 말했다.

"악마군주 그레모리여, 저는 소원으로 당신의 치유의 권능을 원합니다."

그 요구에 그레모리는 깜짝 놀랐다.

이신 역시 놀랐으나, 이내 고개를 끄덕였다.

테무친은 저런 사람이었다. 우직하고 강인했다.

"정말 그거면 되겠느냐?"

"마력은 얼마든지 얻을 방법이 있으나 당신의 권능은 그렇지 않습니다. 서열전은 끝이 없지만 오늘처럼 즐거운 대결은 흔치 아니합니다. 이 보르지긴 테무친은 오늘 당신의 계약자와 자웅을 겨룰 겁니다."

"좋다. 너의 투지에 경의를 표하며, 나의 권능을 흉내 낼 수 있는 보구를 주겠다."

이윽고 그레모리는 반지 하나를 꺼내 테무친에게 건네주었다.

"사용법은 모르지 않을 것이다."

"보시다시피."

테무친은 양손에 끼워진 3개나 되는 반지를 보여주었다.

'그러고 보니 나폴레옹도 반지가 많았지.'

액세서리에 관심이 많아서가 아니라 이렇게 소원으로 얻은 보구가 많기 때문이리라.

그리하여 테무친의 소원은 그레모리의 치유의 힘이 담긴 반지로 끝났다.

그레모리는 여전히 서열 4위였으며, 이신은 테무친과의 대결을 속행할 수 있었다.

이제 2차전이 시작될 차례였다.

"조심하게, 젊은 친구. 이번에도 지면 패장으로 돌아가야 하니. 나 또한 2연승이라면 자랑스러워해도 될 테고."

테무친이 이신을 도발했다.

이신은 태연히 고개를 끄덕여 보였다.

"걱정하지 않으셔도 이길 생각입니다."

“기대되는군.”

전장과 베팅 마력은 그대로였다.

[악마군주 그레모리님과 악마군주 발라파르님의 서열전입니다. 전쟁의 승패가 서열과 마력에 영향을 줍니다. 마력은 5만이 베팅됩니다.]

[마력 10만이 마력석이 되어 전장에 유포됩니다.]

[종족을 선택해 주십시오.]

“오크.”

“휴먼.”

2차전이 시작되었다.

*　　　　*　　　　*

이신의 진영은 1시였다.

이번에도 지면 정말 패배였다.

하지만 그렇다고 위축될 필요는 없었다.

‘콜럼버스.’

“예, 출발합니다!”

이름만 호명해도 콜럼버스는 알아서 정찰에 나섰다.

언제쯤 자신이 정찰하러 떠나야 하는지 타이밍을 다 알고 있는 콜럼버스였다.

이번에도 정찰 운은 따랐다.

11시로 먼저 갔던 콜럼버스가 테무친의 진영을 발견한 것이다.

1시와 11시.

서로 가로 거리라 대각이었던 1차전과 달리 양 진영이 가까웠다.

초반에 공격당할 염려가 더 커졌다는 뜻이었다.

하지만 테무친은 자신이 있는 것인지 이번에도 오크 전사를 소환하지 않았다.

병력을 소환 중이면 건물이 빛나야 하는 전사양성소가 잠잠한 채로 있었던 것.

'또 바로 오크창기병이나 오크궁기병부터 소환하겠다는 것이군.'

어차피 오크의 시작과 끝은 기병.

기병이 나오기 전까지의 오크는 프롤로그에 불과했다.

테무친은 바로 본론에 들어가려 하고 있었다.

초반의 잔수작 같은 책략은 생각이 전혀 없어 보였다.

'강직한 성격으로 보아 기마군단만 갖춰지면 싸워서 안 진다는 생각이겠지.'

확실히 오크창기병과 오크궁기병의 조합은 강력했다.

그 조합 하나로도 오크라는 종족에 매력을 느낀 적도 있었으니까.

다만 다채로운 전략과 조합을 좋아하는 이신에게 오크는 그저 기마군단 하나로 끝나는 뻔한 종족이라 취향이 아니었지만, 우직한 데다 유목 민족 출신이었던 테무친에게는 취향 저격이었을 것이다.

'좋다, 본론으로 바로 들어가지.'

물론 이신은 강렬한 프롤로그도 좋아했다.

하지만 지금은 초반에 살짝 찔러봤자 큰 이득을 거두기 어려웠다.

이신은 상대의 정찰을 쫓아낼 용도로 궁병을 로흐샨 1명만 소환했다.

그 뒤로는 테크 트리를 올리는 데 집중했다.

특수 병영 건설, 이어서 앞마당에 마력석 채집장 구축, 동시에 앞마당에 참호를 건설해 방어까지.

이신의 테크 트리가 무난하게 흘러갔다.

"주군, 오크창기병이 또 늦는뎁쇼?"

정찰하던 콜럼버스의 보고였다.

콜럼버스는 오크창기병의 존재만 확인하고 물러날 생각이었다.

그런데 시간 계산상 지금쯤 소환 완료되었어야 할 오크창기병이 또 나오지 않았다.

전사양성소에 빛이 나오는 걸 보면 분명 병력을 소환 중이긴 했는데 말이다.

"이번에도 오크궁기병 같습니다."

'알았다, 이만 물러나.'

"예!"

오크궁기병이 나타나면 콜럼버스라도 따돌릴 수 없으므로 미리 도망치게 했다.

'이번에도 오크궁기병을 먼저 소환하는군.'

1차전에서는 오크궁기병 4기로 기습을 펼쳐 이신에게 큰 타격을 입혔던 테무친이었다.

역시나 테무친은 오크궁기병을 선호했다.

활을 쏘고 빠른 기동성으로 후퇴하며 히트앤드런을 반복하는, 이른바 스웜 전술을 기본으로 삼고 있는 듯했다.

스웜 전술은 몽골을 비롯한 유목 민족들을 전투 민족 취급을 받게 만든 공포의 전술이었다.

바야투르도 이 수법을 기본기로 사용했는데, 이에 대한 대처로 가장 효과적인 것은 역시나 투석기였다.

하지만 이신은 그게 테무친이 원하는 그림이라고 생각했다.

투석기는 기동성에 약점이 있으므로 주로 방어에 쓰인다.

투석기가 주력이 되면 이신은 바깥으로 나가기가 어려운 것이다.

중앙 지역의 주도권을 꽉 쥔 채 이신이 웅크리고 있게 해놓고는 여기저기 확장하는 시나리오가 오크로서는 가장 편할 터였다.

'이번에는 그렇게는 못 하겠다.'

이신은 투석기 대신 기사를 먼저 소환했다.

뿐만 아니라 대장간 건설, 무기 개발까지 완료하고서 석궁병을 모았다.

기사+석궁병의 조합으로 오크궁기병과 힘겨루기를 할 심산이었다.

중앙 지역을 테무친에게 내준 채로는 소극적인 운영을 할 수밖에 없었고, 그건 도무지 이신의 취향이 아니었던 것이다.

테무친은 이신이 어떻게 나오든 상관없이 오크궁기병만을 모으고 있었다.

초중반까지는 오크궁기병의 스웜 전술만으로 충분하다고 판단한 듯했다.

병력이 어느 정도 갖춰지자 이신은 출진했다.

기사는 서영을 포함하여서 3기.

석궁병은 로흐샨을 비롯하여서 12명.

거기에 콜럼버스를 포함시킨 전 병력이었다.

빈집털이를 당하지 않도록 앞마당에 참호를 건설해 방비를 해놓고는, 이신은 싸움에 나섰다.

"취익! 먹잇감들이 밖으로 나왔다!"

오크궁기병 한 명이 이신의 군대를 발견하고는 소리쳤다.

1차전에서도 독화살 능력으로 활약했던 테무친의 사도 크룩크스였다.

오크궁기병이 떼 지어 달려왔다. 전투의 시작이었다.

제8장

스엄

이신이 오크궁기병을 보고 대장간 무기 개발까지 해가며 석궁병을 모은 데에는 이유가 있었다.

치고 빠지는 스웜 전술에 대한 가장 확실한 해법은 똑같이 원거리 공격으로 대응하는 것이니까.

실제로 스웜 전술은 총기가 나오면서 몰락했다.

물론 테무친은 그런 식의 대응을 서열전에서 숱하게 겪어보았을 것이다.

드워프 총수나 독포자꽃이나 석궁병 등을 상대해 보았을 터.

그럼에도 오크궁기병을 꺼내 든 것은 자신이 있다는 뜻이었다.

같은 원거리 공격의 교환에서 상대보다 더 이득을 거둘 자신이.

하지만 그런 식의 대미지 교환은 이신도 무척 자신 있는 분야였다.

'로호샨, 적이 접근할 때마다 U턴 샷으로 대응해라.'

"옛!"

로호샨은 자신감 넘치는 태도로 대답했다.

그리핀을 타고 다니면서 이런 원거리 공격 공방을 수없이 해보았다.

지금은 비록 그리핀을 타고 있지 않지만, 기동성에 차이가 있을 뿐 U턴 샷은 똑같이 펼칠 수 있었다.

물론 그의 능력인 지휘 사격은 로호샨이 빗나가면 다른 화살도 모두 빗나간다는 치명적인 약점이 있지만, 로호샨은 타깃을 맞출 자신이 있었다.

"사격 준비!"

로호샨이 소리쳤다.

석궁병들이 석궁을 들어 조준하며 방아쇠를 당길 준비를 했다.

이신은 계속해서 기사들의 수장인 서영에게 말했다.

'놈들이 화살을 쏘고 나면 즉시 앞으로 나서서 쫓아내라. 너무 깊이 쫓으면 반격을 받으니 적당히 거리를 유지하고.'

"예, 맡겨주십시오!"

서영도 이신이 무슨 말을 하는지 알아들었다.

석궁병과 오크궁기병이 싸우면 누가 이길까?

두말할 필요도 없이 오크궁기병의 승리다.

효율 측면에서도 석궁병은 오크궁기병의 카운터 병과가 아니다.

석궁병의 석궁은 재장전에 시간이 걸리기 때문에 계속 교전을 벌이면 오크궁기병에게 박살이 난다.

회피율도 말을 타고 다니는 오크궁기병보다 못하다.

여기서 기사 셋을 섞은 이신의 조합이 빛을 발한다.

서영은 오크궁기병들을 쫓아내어서 석궁병들이 재장전할 시간을 벌어준다.

딱 한 차례씩만 공방을 주고받으면 석궁병은 오크궁기병에게 밀릴 일이 없는 것.

물론 기가 막힌 타이밍이 필요한 전술이다.

실수하면 석궁병이든 기사든 죄다 오크궁기병의 스웜 전술의 먹잇감으로 전락해 버린다.

다소 난이도 높은 전술이지만, 이신은 자신의 컨트롤과 타이밍 센스로 그걸 실수 없이 성공시킬 자신이 있었던 것이다.

초반에서 중반으로 넘어가는 시기.

아직 규모가 작은 병력 간의 교전은 조금 삐끗해도 승기가 확 기울어 버린다.

하지만 그런 위험천만한 싸움에 테무친도 이신도 자신감 있게 달려들었다.

“발사!”

로호샨이 버럭 소리를 지르며 지휘 사격을 펼쳤다.

쉬쉬쉬쉭—

볼트가 쏘아져 나갔다.

오크궁기병들도 활을 쐈지만 로호샨이 반박자 더 빨랐다.

콰콰콱!!

“취이익!”

오크궁기병 1명이 볼트에 집중적으로 꽂혀 낙마해 버렸다.

석궁병들도 화살에 맞아 몇 명이 부상을 당했으나 이신이 콜럼버스에 빙의하여 즉시 치유했다.

“이랴!”

서영이 기사들과 함께, 오크궁기병들이 활을 쏘자마자 즉시 뛰쳐나갔다.

다시 사격을 준비하던 오크궁기병들은 기사들이 달려들자 뒤로 물러날 수밖에 없었다.

기사들도 계속 쫓지 않고 다시 복귀.

그사이에 석궁병들은 재장전을 마쳤다.

공방 교환은 사상자가 없는 이신의 판정승이었다.

테무친 측이 주춤거렸고, 이신은 계속 전진했다.

이신이 중앙을 넘어 테무친의 진영 쪽으로 접근하고 있었으므로, 테무친은 2차례 더 덮쳤다.

하지만.

쉬쉬쉭—

콰지지직!

“취이익!”

로흐샨의 대활약이었다.

로흐샨은 2차례 모두 타깃을 명중시켜서 오크궁기병 2명을 죽였다.

피해를 못 준 채 3명이 죽자 이신의 기세가 확 살아났다.

초반 상황이라 그 정도의 피해도 결코 작은 피해가 아니었던 것.

‘빠르게 전진.’

기회를 포착하자 이신은 단숨에 테무친의 진영을 향해 질주했다.

바람처럼 달려간 군대가 테무친의 앞마당 앞에 자리를 잡았다.

테무친은 오크궁기병들을 바깥에 빼두었다.

기다렸다가 후속으로 소환되는 병력과 함께 안팎에서 덮쳐 섬멸시키겠다는 심산.

하지만 이신은 시간을 줄 생각이 없었다.

추가 소환된 이신의 병력이 합류했는데, 그중에는 공병인 사도 마르몽도 있었다.

'마르몽, 투석기를 제작해라.'

"예!"

'콜럼버스, 화살탑을 건설해라.'

"옙!"

이신은 테무친의 진영 앞에서 보란 듯이 투석기와 화살탑을 짓기 시작했다.

병력들은 학익진처럼 좌우로 펼쳐져 적의 공격에 대비했다.

테무친의 두 눈에 불똥이 튈 광경이었다.

화살탑과 투석기가 완성되면, 테무친은 봉쇄되어서 밖으로 나오지 못한 채 투석기가 쏘는 바위에 일방적으로 얻어맞게 된다.

한마디로 이신은 테무친에게 어서 덤비라고 채근하는 것이었다.

'곤란하게 됐군. 하필 좋은 자리를 빼앗겨서는…….'

앞마당 앞은 테무친이 싸우기에 좋은 지형이 아니었다.

학익진을 펼쳐놓고 맹공을 펼칠 준비를 마친 적에게 달려들면 이쪽이 패배할 공산이 컸다.

그걸 감수해서라도 공격해서 적을 몰아내야 하는 게 테무친의 상황이었다.

'하는 수 없다.'

곧장 결단을 내렸다. 테무친이 총공격을 펼쳤다.

밖에서는 오크궁기병들이 일제히 덮쳤고, 안에서는 추가 소환된 오크창기병들이 돌격했다.

바로 그 순간.

[계약자 이신의 사도 상급 악마 콜럼버스가 능력 블링크를 사용합니다.]

[10미터 범위 내에서 순간이동을 합니다. 3초 이내에 다시 사용하면 원래의 위치로 돌아갑니다.]

화살탑을 짓고 있던 콜럼버스가 건설을 중단한 채 오크창기병들에게 블링크로 뛰어들었다.

퓨퓨퓨퓨푹!

마비침 5발을 난사!

그 직후 블링크를 다시 펼쳐 원래의 위치로 되돌아갔다.

이신의 지시를 받은 콜럼버스의 순간적인 기습에 오크창기병들의 기세가 뚝 끊겼다.

연이어 서영이 이끄는 기사들이 돌격을 감행하였다.

기세에서 밀린 오크창기병은 기사단의 돌격을 감당하지 못했다.

콰지지직!

퍼어억!

콰아악!

"취이이익!"

"취익!"

오크창기병들이 무더기로 죽어나갔다.

바깥쪽에서는 오크궁기병들이 석궁병들과 공방을 주고받고 있었다.

콜럼버스는 곧장 석궁병들에게 합류했다. 이신이 빙의하여 치유 능력으로 석궁병들을 보조했다.

그러는 동안 마르몽은 계속 투석기 제작에 매진하고 있었다.

마르몽을 처치하기 위하여 테무친은 무리를 할 수밖에 없었고, 그게 더 큰 피해로 이어졌다.

테무친은 눈을 질끈 감았다.

[악마군주 발라파르님의 계약자 보르지긴 테무친님께서 패배를 선언하셨습니다. 악마군주 그레모리님의 승리입니다.]

[악마군주 그레모리님께서 마력 5만을 획득하셨습니다.]

[악마군주 발라파르님의 마력 총량이 3,470,000이 되셨습니다. 서열의 변동은 없습니다.]

[악마군주 그레모리님의 마력 총량이 3,303,966이 되셨습니다. 서열의 변동은 없습니다.]

결국 패배 선언밖에 답이 없었다.

1차전의 힘겨운 승리에 비하면 참 허무하게 내준 1패였다.

그보다 더 테무친에게 뼈아팠던 건, 그의 초중반 운영의 근간이었던 스웜 전술이 이신에게 일절 통하지 않았다는 사실이었다.

공방에서 일방적으로 이신이 이득을 보니 히트앤드런이 의미가 없었던 것이다.

'차라리 1차전 때처럼 내가 선제공격을 펼쳤던 게 나았다.'

그땐 이신이 방어를 위하여 움직임에 제한이 있었으므로 테무친이 일방적으로 활약할 수 있었다.

근데 이신이 넓은 지형으로 나와 움직임에 자유를 얻자 가공할 용병술로 활약을 펼치는 것이었다.

'어째서 다른 계약자들이 이신을 상대로 어려워했는지 알겠군.'

일단 비슷한 병력 간의 교전에서는 패배를 하지 않는 이신!

그 기세에 밀리다 보면 방금 전의 테무친처럼 궁지에 몰리게 되는 것이었다.

'물러나서는 안 된다.'

1차전도 그랬다.

결국 테무친이 물러나지 않고자 했기 때문에 이신에게 기회를 주지 않고 승리를 굳힐 수 있었다.

2차전은 공방에서 손해를 입자 밀려난 끝에 쉽사리 유리한 지점을 내주고 말았다.

'궁기병과 창기병과 섞어서 제대로 붙는 게 낫겠다.'

한편, 이신은 악마군주 발라파르에게 소원으로 마력을 받아냈다.

[악마군주 발라파르님의 마력 19,314가 계약자 이신님에게 전달됩니다.]

[마력: 134,639/134,639]

지닌 마력이 13만을 돌파한 이신.

반면 악마군주 발라파르는 마력 총량이 3,435,300으로, 그레모리와의 격차가 줄어들었다.

심기일전은 테무친과 3차전이 곧장 벌어졌다.

이번에는 오크창기병과 오크궁기병을 골고루 모아서 조합

을 만들어낸 테무친.

반면 이신은 화살탑 및 건물들로 심시티를 해놓고 방어적인 태세를 보였다.

2차전과 달리 공격적이지 않은 이신의 모습에 테무친이 다소 안심했을 찰나였다.

별안간 이신이 불쑥 공격에 나섰다.

믿기지 힘들 정도로 많은 숫자의 기사들이었다.

앞마당에 심시티까지 구축하며 철저하게 방비를 한 이유가 있었다.

이신은 앞마당에 마력석 채집장을 가져가지 않고, 대신 특수 병영을 2채씩 짓고서 기사들을 모으고 있었던 것.

그제야 아차 싶었던 테무친은 오크궁기병을 활용한 스웜 전술로 기사들을 괴롭혔다.

하지만 기사단은 아랑곳하지 않고 테무친의 진영으로 곧장 전진했다.

연이어 거침없이 테무친의 앞마당을 습격했다.

그러자 테무친도 앞마당을 지키기 위해 맞붙는 수밖에 없었다.

방어를 위해 지근거리에서 싸우게 되자 근접전에 강한 기사들이 위력을 발휘했다.

서영이 능력 '평정심'을 사용하여서 사기와 방어력을 일시적으로 높였다.

테무친은 앞마당에서 일하던 오크 노예까지 대거 동원하여서 수비했다.

'오크 노예를 집중적으로 죽여라.'

"옛!"

이신의 지시로 기사들은 방어에 동원된 오크 노예들을 최대한 많이 죽였다.

테무친이 간신히 막아냈을 때는 상당한 피해를 입은 후였다.

테무친이 피해를 복구하기 바쁠 때, 이미 앞마당을 가져가 마력 채집량을 늘린 이신은 기사와 투석기를 모았다.

큰 피해를 입힌 덕에 이신과 테무친의 격차는 많이 벌어진 뒤였다.

다시 한번 이신이 진격했다.

이번에는 투석기들까지 동원된 막강한 전력이었다.

힘이 다소 빠진 테무친은 이신의 진격을 막아내기가 힘에 부쳤다.

시간을 벌어보기 위하여 스웜 전술을 펼쳐 투석기를 끄는 공병들을 집중 공략했지만, 이신은 투석기를 최대한 보호하여서 끝내 테무친의 앞마당까지 가져다 놓는 데 성공했다.

계단식으로 투석기가 조립과 재조립을 반복하며 테무친의

진영까지 안전하게 도달.

거기까지 도착하기까지 테무친의 완강한 저항에 피해를 입었으나, 이제는 상황이 달라졌다.

투석기들이 테무친의 진영을 향해 바위를 쏘기 시작했다.

초반의 피해 탓에 휴먼의 진격을 저지하지 못한 결과였다.

결국 3차전은 또다시 이신의 승리가 되었다.

4차전은 곧바로 시작되었다.

이번에는 테무친도 정찰을 강화하며 이신의 동향을 살폈다. 절대 2번 속지는 않겠다는 의지가 엿보였다.

*　　　*　　　*

3차전을 패배로 끝마친 테무친의 고심은 깊어졌다.

'투석기를 전진시키는 솜씨가 나폴레옹과 비교해도 손색없구나.'

투석기 일부를 조립해 적의 공격을 막고, 그사이에 또 다른 투석기 일부를 약간 앞에 배치해 조립한다.

그렇게 계속 투석기를 일부씩 전진 배치해 가며 한 걸음 한 걸음 나아가는 수법은 휴먼의 정석이었다.

느린 전진이긴 하지만, 이 전진이 적의 진영까지 도달하면 승부나 끝난 것이나 다름없었다.

이를 막아내는 가장 확실한 방법은, 투석기가 일부만 조립되어 있을 때 일거에 덮쳐서 격파하는 것이었다.

그런데 3차전에서 테무친은 이신에게 이미 타격을 받아 군세가 약해졌던 터라 그럴 여력이 없었다.

'역시 나의 패인은 똑같다.'

과감하게 들이받아서 이신의 병력을 소모시키지 못한 것.

2, 3차전 모두 이신이 전력을 보존한 채 테무친의 진영까지 전진하는 데 성공했기 때문에 승패가 갈렸다.

2연패의 수렁에 빠졌지만 테무친은 침착하게 심기일전했다.

'절대로 병력을 온전히 보존한 채 내 진영으로 접근하지 못하게 하겠다.'

병력 소모.

테무친은 그렇게 콘셉트를 새로이 잡았다.

4차전에서 테무친은 지금까지와 달리 오크 전사를 소환했다.

오크 전사로 한 번 이신을 압박해 방어에 마력을 쓰게 만들었다.

초반부터 이신을 가만 내버려 두지 않고 강하게 압박하기로 한 것이다.

그 뒤에도 오크 전사는 계속 1명씩 꾸준히 소환했다.

그렇게 모인 오크 전사 부대가 계속 이신을 압박했으므로,

이신도 석궁병을 모아야 했다.

오크 전사 다음으로 소환한 병과는 오크궁기병.

테무친의 선택은 오크 전사와 오크궁기병이라는 다소 의외의 조합이었다.

근접과 원거리의 조화라면 오크 전사보다 오크창기병이 기동성에서 훨씬 나을 텐데, 테무친은 오크의 정석과도 같은 조합을 거부했다.

이에 맞서서 이신은 2차전 때와 같이 석궁병과 기사의 조합을 꺼내 들었다.

석궁병으로 오크궁기병의 스웜 전술을 막아내며, 기사가 근접전을 감당한다는 구성이었다.

거기에 투석기도 4기까지 갖춰지자 이신은 또다시 진격을 개시했다.

이제는 자신감이 붙어서 당당히 전진하는 이신의 군대.

투석기를 2기씩 전진 배치하며 군대는 천천히 나아갔다.

2기가 조립되면 다른 2기가 전진한다.

전진한 2기가 조립되면 뒤에 있던 2기가 분해되어서 또 전진한다.

상대방의 진영에 도달하기 전에 테무친이 덮칠 것을 알기 때문에 철저히 대비하며 움직이는 것이었다.

예상대로 테무친은 곧장 이신을 덮쳤다.

이신이 자기 진영에 도달하기 전에 쳐서 병력을 소모시킬 작정이었으므로, 망설임이 전혀 없었다.

"취이익! 죽여라!"

"다 죽인다, 취익!"

오크 전사를 앞세워서 공격!

이번에는 활을 쏘고 바로 뒤로 빼는 전술적 행동은 없었다.

오크궁기병들은 바짝 붙어서 석궁병들과 치열하게 싸웠다.

오크 전사들은 투석기의 바위와 석궁병의 볼트, 기사의 돌격을 모두 감당해야 하는 처절한 역할을 맡았다.

이신은 침착하게 컨트롤했다.

오크궁기병들의 기세가 무섭지만 우선 처리해야 할 것은 근접한 오크 전사라는 것을 잘 캐치했다.

석궁병들을 순간적으로 셋으로 분류하여서 3점사로 오크 전사들을 빠르게 정리!

쉬쉬쉭—

"취이익!"

"취익!"

오크 전사들이 전멸하자 테무친은 그제야 오크궁기병들을 후퇴시켰다.

양측 모두 피해가 있었다.

이신은 석궁병들이 많이 죽었지만 기사와 투석기가 무사했고, 테무친은 오크 전사가 전멸했지만 오크궁기병이 무사했다.

하지만 이신의 표정은 좋지 않았다.

'역시 잘 싸우는군.'

1, 2, 3차전과 달라진 테무친의 새로운 병과 조합이 썩 달갑지 않았다.

기동성을 중시했던 오크궁기병·오크창기병의 조합이었다면 차라리 싸우기 편했을 것이다.

상대가 얼마나 빠르건, 순간적으로 타이밍만 잘 맞춰서 대응하면 전투는 문제없었으니까.

하지만 이번에는 오크 전사를 먼저 앞세워서 방패막이로 던져주고는 오크궁기병으로 이신의 병력을 깎았다.

오크 전사만 소모하고는 후퇴.

값비싼 오크궁기병은 그대로 손실 없이 보존했고, 상대적으로 값싸고 맷집 좋은 오크 전사만 제물로 바쳤다.

오크 전사만 다시 충원하면 다시 조합이 갖춰지므로, 병력 소모전을 펼치기에 더없이 안성맞춤인 조합이었다.

'세련된 소모전을 펼치기 시작했군.'

마치 게임에서 신족의 플레이를 보는 것 같았다.

광신도와 거신병기로 공격하고, 방패막이였던 광신도만 소모한 뒤에 빠지는 세련된 물량전. 광신도는 얼마든지 충원시킬 수 있으므로 무한정 반복해서 싸울 수 있다.

테무친이 그 같은 플레이를 펼치기 시작했다는 것은 좋지 않은 신호였다.

아니나 다를까.

테무친은 오크 전사를 다시 충원하여서 공격을 펼쳤다.

'후퇴.'

이신의 결단 역시 빨랐다.

또 한 번 싸워서 병력을 소모하면 병과 조합이 깨져서 투석기를 지키기 힘들어진다. 그전에 후퇴를 결정한 것이다.

물론 후퇴하면서도 싸워야 했다. 말 타고 달리는 오크궁기병을 따돌릴 수 없었으니까.

또다시 오크 전사를 방패막이로 던져주며 소모전!

그 뒤에도 오크궁기병이 후퇴하는 이신의 병력의 꽁무니를 쫓으며 스윕 전술을 연달아 펼쳤다.

테무친의 집요한 추격에 이신은 더 큰 피해를 입었다. 도망치는 적을 쫓을 때만큼 오크궁기병이 위력을 발휘할 때가 없었다.

추격을 뿌리치기 위하여 석궁병을 모두 재물로 희생시켜야 했고, 그 덕에 투석기 3기와 기사들을 무사히 본진까지 복귀시켰다.

하지만 싸움에서 이기고 기가 오른 테무친은 건잡을 수 없을 정도로 성장하기 시작했다.

여기저기 마력석 채집장을 구축하는 테무친.

무리한 확장일 수 있었으나, 설령 공격받더라도 철수시키면 그만이었다.

천막으로 된 건물을 분해하여 옮길 수 있는 오크의 강점이었다.

건물을 걷어서 철수시켰다가 다른 곳에 또 펼쳐도 되고, 적을 물리친 뒤 그 자리에 다시 복구시켜도 된다.

이신은 노예 1명을 우회 정찰시켜서 테무친의 확장 시도를 모두 체크했다.

'안 되겠다. 마력석 채집장을 적어도 1곳 이상은 밀어야 한다.'

저 마력석 채집장들이 모두 가동되면 마력 격차가 돌이킬 수 없이 벌어진다.

'다시 타이밍을 잡자.'

그전에 타이밍을 노리고 다시 일찍 치고 나가기로 결심했다.

그러기 위하여 이신은 다소 강수를 두었다.

병영을 늘려 지은 것.

여러 채로 늘어난 병영에서 석궁병은 물론 방패병과 장창병도 소환되었다.

석궁병 7할에 방패병과 장창병을 1.5할씩 섞은 조합이었다.
공격 타이밍을 앞당기기 위하여 빨리 많이 모을 수 있는 병영 병력을 택한 것.
거기에 기사와 투석기도 차근히 1기씩 늘려줘야 했으므로, 이신은 그야말로 없는 마력을 쥐어짜야 했다.
이신의 자원 관리 능력이 빛을 발했다.
타이밍이 되자 이신이 다시금 전 병력을 끌고 치고 나왔다.
석궁병, 방패병, 장창병, 기사, 투석기!
보다 다채로워진 구성에 테무친도 심상치 않음을 느꼈다.
하지만 테무친 또한 그동안 확장만 하며 놀고 있지는 않았다.
오크궁기병과 오크 전사의 조합에 오크창기병도 더해졌다.
테무친은 진격해 오는 이신의 병력을 향해 다시 거침없이 부딪쳤다.
그야말로 종합예술이었다.
투석기가 조립되는 사이에 석궁병이 오크 전사를 공격했다.
방패병과 장창병도 접근하는 오크 전사들을 가로막았다.
그러는 동안 기사들이 우회하여 오크궁기병을 노렸다.
그야말로 일사불란한 이신의 행위 예술이었다.
하지만 이에 맞서는 테무친 역시 사상 최고의 정복자라는 이름값을 톡톡히 했다.

방패막이로 던져준 오크 전사들은 방패병과 장창병에게 붙지 않고 적절히 뒷걸음질을 치며 싸움을 피했다. 오크 전사들의 역할은 싸움이 아닌 방패막이였기 때문이다.

오크궁기병들도 기사단의 우회 돌격을 피해 역시나 우회하며 사과를 돌려 깎듯이 석궁병들에게 화살을 날렸다.

오크창기병들도 같은 방향으로 휘돌며 후방에서 조립 중이던 투석기를 향해 돌진했다.

전투가 벌어졌을 때는 테무친이 택한 전술이 이신의 전술보다 우세했다.

특히나 기사단의 돌격을 피해 다니며 무의미하게 만든 판단이 절묘했다.

오크창기병이 투석기에게 돌격하자 이신에게 위기가 닥쳤다.

투석기를 잃으면 휴먼의 군세는 힘을 잃기 때문.

하지만 그 순간 이신은 역발상을 했다.

서로 선택한 전술에서 자신이 졌다고 곧장 직감한 이신.

'졌군.'

이길 각이 나오지 않자 이신은 피해를 최소화하는 것으로 전술을 바꿨다.

이신은 투석기를 놔두고 나머지 병력을 좌우로 펼쳤다.

투석기가 적 앞에 노출된 상황.

이신은 놀랍게도 소중한 투석기를 미끼로 내던지고 나머지 병력으로 그물을 치는 길을 택했다.

곧바로 변경된 이신의 전술은 테무친도 목격했다.

'훌륭하다!'

다 이긴 전투가 갑자기 위험천만한 장면으로 바뀌었다.

투석기라는 미끼를 물면 병력 전체가 포위당해 큰 피해를 입게 생겼다.

순간적으로 저런 판단을 해내다니!

그리고 그걸 곧바로 구현시키는 엄청난 용병술!

등골을 타고 짜릿한 전율이 흘렀다.

적의 역량에 진심으로 감동하는, 살면서 몇 번 해보지 못한 경험이었다.

'좋다, 이신. 미끼를 물어주겠다!'

테무친은 중요한 게 무엇인지 아는 남자였다.

투석기를 없애는 것이 자신의 마력석 채집장들을 지키는 최선의 판단이라는 걸 알았다.

테무친의 병력이 맹렬하게 미끼를 물었다.

거침없는 전 병력 돌진이 파도처럼 투석기들을 집어삼켰다.

물론 그 대가가 컸다.

투석기들도 파괴되기 직전가지 계속 바위를 쏘았고, 오크궁기병들은 기사단의 돌격을 옆구리에 정통으로 맞아버렸다.

거기에 이존효가 이끄는 장창병들도 날뛰었다.

하지만 망설임 없는 테무친의 결단이 그의 병력을 살렸다.

1초도 머뭇거리지 않고 달려든 덕에 생각보다 빨리 투석기들을 제거했다.

그리고 즉시 포위를 뚫고 달아나서 괴멸을 면할 수 있었다.

전술적으로 이신의 승리였지만, 전략적으로는 테무친의 승리였다.

핵심은 투석기였던 것이다.

다른 병력이야 소모전이 계속되면 쓸려 나간다.

하지만 투석기가 자리 잡고 바위를 쏘기 시작하면, 그걸 걷어내야 하는 입장에서는 큰 피해를 감수해야 한다.

테무친은 다행히 피해를 감수하고 투석기를 제거함으로써 위기를 넘긴 것이다.

그렇다고 투석기를 미끼로 던져 버린 이신의 판단도 잘못된 게 아니었다.

어차피 질 것 같았던 싸움을 그나마 승리로 장식한 게 다행이었다.

남은 병력이 쾌속으로 진격하여서 끝내 테무친의 마력석 채집장 1곳을 파괴했으니 말이다.

하지만 계속되는 국면은 테무친의 우세였다.

타이밍을 잡고 공격을 펼치는 데 역량을 소모한 이신과 확장을 펼친 테무친은 상황이 전혀 달랐으니까.

테무친은 승기를 잡자 이신에게 파상 공세를 펼쳤다.

이신에게 시간을 주지 않겠다는 경계심이었다.

1번째는 잘 막았지만, 2번째는 심시티 방어가 무너지는 바람에 노예까지 동원해야 했다.

이어지는 3번째 공세에 이신은 휘청거렸다.

테무친도 병력을 쥐어짜다시피 해서 4번째 공격을 쉬지 않고 이어갔다.

거기서 이신은 패배를 선언했다.

승부가 2승 2패로 원점에 돌아온 순간이었다.

*　　　　*　　　　*

양측의 마력 격차가 다시 23만가량으로 벌어진 가운데, 5차전이 곧바로 시작되었다.

이제 피차 말이 필요 없었다.

이미 4차례나 싸우며 승패를 주고받으면서 서로에 대해 잘 알게 됐다.

'테무친의 새로운 소모전 패턴을 이겨내야 한다.'

오크 전사를 방패막이로 던져주며 오크궁기병으로 대미지를 입히는 패턴.

그 뒤에도 오크 전사만 계속 충원하며 소모전을 무한정 펼치는 방식은 프로 게이머인 이신이 보기에도 상당히 세련된 수법이었다.

오크궁기병만 전력을 유지하면 조합이 무너지지 않고 유지될 수 있는 것.

이를 잘 알고 실행한 테무친은 과연 서열 3위에 어울렸다.

여기까지 이신과 팽팽하게 대결을 펼친 것만으로도 지금껏 상대했던 어떤 계약자들보다도 강하다는 증거였다.

하지만 이신은 이런 승부를 여러 번 치러보았다.

대회를 앞두었을 때, 같은 연습 상대와 수십 판씩 게임을 치렀다.

단언컨대 이신은 같은 상대와 치른 수많은 연습 게임에서 한 번도 승률에서 밀린 적이 없었다.

상대방도 나름대로 이신이 보여준 플레이를 복기하고서 그 대처법으로 대응했다.

수십 판씩 하다 보니 서로의 밑천이 다 나온다.

그러다가 어느 순간, 승부가 크게 기운다.

그것은 상대 플레이의 핵심을 무너뜨렸을 때였다.

그땐 연습을 도와준 상대 선수의 멘탈이 망가지기 전에 다른 선수로 교대를 해야 했다.

그 탓에 이신은 하루에 네댓 명씩 연습 상대를 가지고 대회를 준비하곤 했다. 연습을 도와준 선수들은 하나같이 자신의 한계를 맛봤다며 토로했다.

'저 패턴만 무너뜨리면 내가 이긴다.'

게임의 신.

상대를 무너뜨리는 데 도가 튼 악질적인 승부사!

이신은 테무친에게 더 이상의 카드가 없음을 알아차린 것이다.

'조합이 갖춰지기 전에 타이밍 러시를 펼치자.'

무서운 것은 오크궁기병과 오크 전사의 조합이었다.

그 둘의 조합이 갖춰지기 직전의 타이밍에 공격하면 성과를 거둘 수 있을 거라는 판단이 들었다.

이신은 그 타이밍 러시를 위하여 빌드 오더를 새로 구성했다.

무수히 많은 경험과 남다른 게임 재능 덕에, 이신은 원하는 타이밍에 맞춰 빌드 오더를 즉흥적으로 조정할 수 있었다.

테무친의 소모전을 저격하는 새로운 빌드 오더!

그 결과, 5차전이 시작되자마자 이신은 병영을 건설하고 궁병을 일찌감치 소환하기 시작했다.

이어서 대장간과 함께 병영 1채를 더 건설.

2채의 병영에서 궁병을 계속 소환했고, 대장간에서 무기 개발이 완료되자 모두 석궁병으로 업그레이드되었다.

방패병과 장창병을 함께 소환하면서, 특수 병영에서도 공병이 나와 투석기를 제작했다.

투석기 2기가 제작되자 이신은 병력을 모조리 이끌고 출진했다.

4차전 때는 석궁병+기사+투석기로 나섰다가 소모전에 당했다면, 이번에는 처음부터 방패병+장창병을 섞은 조합을 완성한 채 나선 것이었다.

휴먼이 이 정도로 병력을 갖춰서 나왔으니, 오크로서는 자기 진영에 당도하기 전에 격퇴시켜야 했다.

자기 진영 인근에 투석기가 도달하여서 한 번 자리 잡으면 골치가 아파지므로, 그전에 물리쳐야 하는 것은 오크의 공식이나 다름없었다.

이신이 진출한 타이밍은 미묘했다.

테무친이 오크궁기병을 모으는 데 주력하고 있어서 아직 오크 전사의 숫자는 얼마 없을 시기였다.

'노리고 나왔구나.'

테무친은 이신의 의도를 감지했다.

오크궁기병과 오크전사의 조합이 완성되기 전에 반박자 빠르게 나온 이신.

'이렇듯 공격 시기를 마음대로 조절할 수 있다니.'

테무친은 이신의 운영에도 감탄해야 했다.

그가 경험한 바에 따르면, 이 서열전의 핵심은 의도한 공격 시기에 최고의 전력을 동원할 수 있도록 조절하는 일이었다.

이신은 테무친이 아직 최고의 전력을 갖추기 직전에 공격에 나섰다.

그 공격에 나설 때 최대의 병력이 모이도록 운영으로써 조절했다는 의미였다.

실제로 이신이 끌고 나온 병력 규모는 테무친이 지금까지 보았던 동 시간대 최대의 군세였다. 이 시간에 저렇게 많은 병력을 끌고 나오는 휴먼은 본 적이 없었다.

부랴부랴 오크 전사를 소환하는 테무친.

오크 전사가 충분히 모이기 전까지는 가지고 있는 오크궁기병으로 시간을 벌어야 했다.

결국 스웜 전술밖에 없었다.

테무친은 오크궁기병을 출진시켰다.

어떻게든 시간을 벌어야 한다.

'투석기를 이용하자.'

공격하려는 의도를 표출하면, 상대는 즉시 전투를 위해 투석기를 조립할 것이다.

투석기를 분해하고 재조립하는 데 시간이 걸린다는 점을 활용하여서 시간을 벌겠다는 게 테무친의 대책이었다.

하지만…….

"신호에 맞춰서 쏘면 된다!"

석궁병을 이끄는 로흐샨이 중심이 되어서 이신의 군세는 테무친의 오크궁기병들에게 곧잘 대응했다.

오크궁기병이 활을 쏘고 빠지는 타이밍에 맞춰서 석궁병들도 응사했다.

방패병이 앞서서 날아드는 화살을 막아내기도 했다.

"우린 계속 이동한다!"

마르몽이 외쳤다.

마르몽과 또 다른 공병 하나는 투석기를 끌고 계속 이동했다.

이신은 테무친의 의도에 휘말려 시간을 끌 생각이 전혀 없었다.

전투에 동원되지 않고 계속 이동하는 투석기.

다른 병력은 치고 빠지기를 반복하는 오크궁기병에 대응만 할 뿐, 투석기를 지키며 계속 이동했다.

'이대로는 시간을 벌 수 없다!'

치고 빠지는 식으로는 이신의 진격에 제동을 걸기 힘들었다.

계속 치고 빠지며 피해를 누적시키고 싶었지만, 이신의 병력에 방패병이 섞여 있어서 여의치 않았다.

더군다나 콜럼버스와 마르몽도 함께 있는 탓에 저쪽은 이신이 빙의해서 치유 능력을 펼칠 수 있는 것이었다.

'하는 수 없나.'

테무친도 결단을 내렸다.

일단 자리는 내주기로 했다.

이신의 병력이 진영 앞에 당도할 때까지 싸우지 않고 오크 전사를 계속 모을 생각이었다.

반격은 이신이 투석기를 조립할 때 한다.

그때까지 침착하게 기다리기로 한 테무친은 이신의 진격을 방치했다.

거침없이 진군한 이신은 금세 테무친의 앞마당 앞에 당도했다.

투석기 2기가 조립되기 시작했다.

다른 병력도 투석기를 지키는 형태로 진형을 짰다.

바로 그때였다.

테무친도 공격 명령을 내렸다.

[계약자 보르지긴 테무친님께서 고유 능력을 사용합니다. 300마력이 소모됩니다.]

[말 위에 탄 휘하 병력의 공격력이 15% 상승합니다.]

300마력까지 써가면서 고유 능력을 펼친 테무친.

이번 전투에서 사활을 걸었다는 뜻이었다.

[계약자 이신님께서 고유 능력을 사용합니다. 1초에 5마력씩 소모됩니다.]

[주변의 모든 아군의 체력이 회복됩니다.]

[치유 능력이 적용되는 범위를 조절할 수 있습니다.]

[적용 범위가 좁을수록 치유 효과가 상승합니다.]

이신 또한 곧바로 마르몽에게 빙의하여서 치유 능력을 펼쳤다.

콜럼버스는 블링크를 펼쳐 달려드는 오크 전사들의 지척까지 접근해 마비침 5발을 난사했다.

피차 사활을 건 전투!

급한 쪽은 테무친이었다.

투석기의 조립이 완료되어 바위를 쏘기 전에, 혹은 이신의 후속 병력이 당도하기 전에 이 군세를 물리쳐야 했기 때문이다.

이신은 그런 테무친의 조급한 심리를 이용했다.

오히려 수비적으로 싸워서 테무친이 더 무모하게 들이대도록 유도했다.

장창병들은 오크 전사와 싸웠고, 석궁병과 방패병은 오크궁기병에 맞섰다.
"취이익!"
"으아악!"
유혈이 난무하는 치열한 전투!
그런데 그때,
"아군을 도와라! 돌격!"
멀리서 4기의 기사가 출현했다.
바로 후속으로 소환한 서영을 비롯한 기사들이었다.
이신은 전투 시 빠른 합류를 위하여 후속 병력으로 기사들을 모았던 것이다.

[계약자 이신의 사도 상급 악마 서영의 능력 평정심을 사용합니다.]
[본인 및 아군을 각종 혼란에서 회복시킵니다.]
[주변 아군의 사기와 방어력이 일시적으로 상승합니다.]

서영은 기사단을 이끌고 오크궁기병들에게 돌격했다.
오크궁기병은 기사단의 돌격을 피해 물러날 수밖에 없었고, 시간이 소모돼 버렸다.
바로 투석기가 조립 완료되는 시간 말이다.
"됐다, 쏴라!"

어느새 이신은 콜럼버스에게 옮겨 빙의한 상태였고, 마르몽은 다른 공병과 함께 투석기 조립을 완료했다.

투석기 2기가 바위를 쏘기 시작하니 팽팽하던 승부의 추는 단숨에 이신에게로 기울었다.

테무친도 추가 소환된 오크 전사는 물론, 일하던 오크 노예까지 전투에 동원했지만 역부족이었다.

원인은 이신이 계획한 타이밍에 완벽하게 걸려들었기 때문이었다.

한마디로 이신이 테무친의 소모전을 완벽하게 저격하는 빌드 오더를 구사한 탓에, 침착하게 대응하긴 했지만 출발부터가 불리했었다.

물론 잘 싸워서 전투에서 승리했더라면 얘기가 달라졌을 것이다.

하지만 전투에 능한 건 이신도 마찬가지였다.

오히려 병과가 다양할수록 이신 특유의 마이크로 컨트롤이 강점을 발휘했다.

총력을 기울였지만 끝내 이신의 군세를 격퇴하지 못하자, 테무친은 고개를 내젓고는 패배를 선언해 버렸다.

[악마군주 발라파르님의 계약자 보르지긴 테무친님께서 패배를 선언하셨습니다. 악마군주 그레모리님의 승리입니다.]

[악마군주 그레모리님께서 마력 5만을 획득하셨습니다.]

[악마군주 발라파르님의 마력 총량이 3,435,300이 되셨습니다. 서열의 변동은 없습니다.]

[악마군주 그레모리님의 마력 총량이 3,303,966이 되셨습니다. 서열의 변동은 없습니다.]

발라파르는 5만 마력을 잃었고, 그레모리는 5만 마력을 얻었다.

다시 격차가 23만에서 13만으로 좁혀졌다.

"바로 시작하지."

테무친이 말했다.

타이밍에서 허를 찔렸지만, 같은 수법에 더는 안 당한다는 의지였다.

"좋습니다."

이신은 쾌히 고개를 끄덕였다.

6차전에서도 이신은 똑같은 빌드 오더를 구사했다.

이것이 필승의 빌드 오더라는 것을 5차전에서 확신했으니까.

테무친은 이번에는 오크궁기병과 함께 오크 전사도 보다 일찍부터 모으기 시작했다.

방금 전과 같은 타이밍에 공격받아도 격퇴할 수 있는 전력을 일찍 확보한 것.

이신은 같은 타이밍에 또 공격했다.

투석기는 똑같이 2기.

다만 이번에는 방패병의 비중을 높였다.

오크궁기병의 비중이 줄어들고 오크 전사의 비중이 높아진 테무친에게 맞춘 조합이었다.

이번에는 둘 다 의도된 타이밍에 전투를 치를 준비를 완료한 상태.

이번 전투는 순수한 용병술 실력 싸움이었다.

'이걸 원했다.'

바로 이신이 가장 좋아하는 컨트롤 싸움 말이다.

"취익! 공격!"

오크 전사와 오크궁기병이 적절한 비율로 갖춰진 테무친의 군세가 일제히 공격했다.

이에 맞서는 이신의 컨트롤의 핵심은 바로 방패병이었다.

비가 내리는 방향으로 우산을 기울이듯, 이신은 방패병들을 자유자재로 조종하여서 테무친의 공격 방향에 맞춰 방패의 벽을 이동시켰다.

얄밉게 공격을 계속 가로막는 방패벽.

그 방패 벽 뒤에 숨어 다니며 볼트를 쏘는 석궁병들.

테무친은 계획대로 오크 전사를 다 소모하자 뒤로 물러났다.

그가 원했던 소모전 패턴이었지만, 그 소모전의 결과는 그의 참패였다.

방패의 벽에 번번이 가로막히는 바람에 아무런 피해도 주지 못하고 오크 전사만 소모해 버렸다.

'이럴 수가!'

테무친은 당황했다.

서로 비슷한 전력으로 싸우니 이길 수가 없다!

무수히 많은 계약자를 격침시켜 버린 이신의 용병술이었다.

공격을 완벽하게 가로막았던 방패의 벽이 자신과 이신의 실력을 나타내는 상징적인 의미로 느껴졌다.

제9장

정상 I

6차전도 패배하여서 2승 4패로 서열이 역전되기 직전에 몰렸을 때, 테무친은 정신적으로도 궁지에 몰려 있었다.

'소문은 익히 들었지만 이 정도였다니.'

테무친은 탄식했다.

방금 전의 6차전은 전략적으로도 전술적으로도 테무친이 불리한 상황이 아니었다.

이신이 언제 공격하리라는 걸 알고 있었고, 그에 맞설 수 있는 군대를 갖춰놓은 상태였다.

전력이 서로 비슷하니 승패는 전투에서 누가 더 잘 싸우는 냐로 결정 난다.

그런데 이신이 더 잘 싸운 것이다.

'맞서 싸워서는 정녕 답이 없는 건가?'

유목 민족의 위대한 칸.

테무친은 온 생을 통틀어 이런 경험은 처음이었다.

같은 전력으로 싸워서 이길 수가 없는 상대라니?

얼마 안 되는 병력으로 세계를 정복했던 몽골 제국의 칸이 겪을 수 있는 사태가 아니었다.

하지만 현실이었다.

다양한 병과를 시기 적절히 활용하며 병력을 전후좌우로 마음대로 조종하는 이신의 용병술!

테무친이 알고 있는 갖은 수단을 다 써도 당해내기 어려웠다.

'이건 하루 이틀 준비해서 이길 수 있는 상대가 아니구나.'

왜 한니발도 프리드리히 2세도 이신에게 패한 뒤에 훈련에 들어갔는지 깨달았다.

이신이 구사하는 고난이도의 용병술을 익히기 위해서였다.

이신처럼 병력을 조종할 수 없으면 백번을 더 싸워도 이기기 어렵다는 걸 그들은 느낀 것이다.

'지휘관으로서의 용병술이 아닌, 계약자다운 용병술인가.'

테무친은 이신이 가히 마계 서열전에 일대 변혁을 일으켰음을 느꼈다.

군사학적인 용병술이 아닌, 병력 하나하나를 다 수족처럼 조종할 수 있는 계약자이기에 펼칠 수 있는 용병술!

자기 군대를 긴 세월 공들여 훈련시킨 군사학적 용병술의 대가 프리드리히 2세도 결국 계약자가 된 지 2년밖에 안 된 이신의 새로운 개념에 무릎을 꿇었다.

'이번 서열전이 끝나면 나도 돌아가 훈련에 매진해야겠군.'

새로운 변화를 받아들이지 못하면 뒤처질 수 있었다.

테무친은 이미 심정적으로 이번 대결의 패배를 받아들였다.

하지만 아직 승부는 끝나지 않았다.

7차전이 남아 있었다.

서열이 역전되지 않은 한 계속 상대의 도전을 받아야 한다. 설령 싸우기 싫더라도 말이다. 그것이 보다 높은 서열에 있는 피도전자의 숙명이었다.

'그렇다고 나 테무친은 자포자기를 하듯이 마구잡이로 싸우는 사람이 아니다.'

테무친은 7차전에 최선을 다해 임했다.

이신은 5, 6차전과 마찬가지로 똑같은 전략을 구사했다.

타이밍을 잡고서 치고 나오는 전략.

그 타이밍을 무슨 수로 막느냐가 테무친에게 내려진 지상 과제였다.

'정면에서 맞서지 말고 우회 전략을 써보자.'

테무친의 판단은 빈집털이였다.

이신이 군세를 끌고 진격하자, 테무친은 우회하여서 텅 빈 그의 진영을 노렸다. 이신이 이를 막기 위해 회군하면 그만큼 시간을 더 벌게 되는 것이다.

테무친이 생각하기로, 피차 병력의 규모가 커지면 이신의 용병술도 위력이 감소했다. 병력이 더 소환되어서 덩치가 커지면 해볼 만하다고 생각했다. 어쩌면 이신도 그래서 더 커지기 전에 승부를 낼 작정인지도 몰랐다.

하지만 이신은 이미 테무친의 그런 우회 전략을 상정하고서 방어를 해놓은 상태였다.

앞마당은 이미 심시티로 철저히 방비해 놓았고, 추가로 기사들이 소환되었다. 테무친이 앞마당으로 공격해 들어오면, 좁은 공간에서 기사들의 돌격을 맞이해야 할 터였다.

그렇게 테무친이 이신의 진영을 공략하려고 시간을 허비하는 사이, 이신의 군대는 아까보다 더 빠르게 테무친의 앞마당 앞에 이르렀다.

상황이 그리되자 테무친도 판단을 돌이키기가 어려워졌다.

'공격!'

테무친은 이신의 앞마당을 총공격했다. 이신도 테무친의 앞마당을 공격했다.

서로의 진영을 맞바꾸는 전쟁을 택한 것이다.

누가 먼저 무너지느냐의 싸움!

유리한 쪽은 단연 이신이었다. 휴먼은 오크보다 훨씬 수비에 최적화되어 있었으니까.

이신은 질기게 버텼고, 반면 테무친의 진영은 투석기와 함께 총공세를 펼치는 이신에게 급속도로 무너졌다. 건물을 해체하여 옮길 수 있는 장점이 있는 오크였으나, 건물의 내구성이 약하다는 단점도 있었던 것.

겉보기에는 아슬아슬했지만, 철저히 이신의 계산대로의 승부였다.

[악마군주 발라파르님의 계약자 보르지긴 테무친님께서 패배를 선언하셨습니다. 악마군주 그레모리님의 승리입니다.]

[악마군주 그레모리님께서 마력 5만을 획득하셨습니다.]

[마력 총량 3,403,966으로 악마군주 그레모리님께서 서열 3위가 되셨습니다.]

[마력 총량 3,285,300으로 악마군주 발라파르님께서 서열 4위가 되셨습니다.]

오랜 세월 동안 서열 10위 이내에 새로운 악마군주가 진입한 사례는 없었다. 뿐만 아니라 최하위에서 시작하여 서열 3위에 이른 극단적인 성공 사례는 전무후무한 사태였다.

한때 악마군주의 지위조차 유지하기 버거울 지경이었던 그레모리는 새로운 계약자 이신을 만나 마계의 역사를 바꿨다.

"도전을 원하나?"

마계 역사상 전무후무한 성공을 거둔 그레모리는 아직 승리에 도취하지 않고 침착하게 질문했다. 질문을 받은 악마군주 발라파르는 몹시 심기가 불편해진 것이 눈에 보일 정도였다.

그레모리는 개의치 않고 제의했다.

"마력은 동일하게 5만을 걸고, 전장은 제10 전장 헤셀로 하겠다."

이에 발라파르 대신 테무친이 웃으며 고개를 저었다.

"설상가상으로 헤셀이라니, 도저히 못 이기겠소."

제10 전장 헤셀은 휴먼이 강세를 발휘하는 전장이었다.

얼마나 강세냐 하면, 대표적으로 나폴레옹이 알렉산드로스를 상대로 재미를 보는 곳일 정도였다.

지형이 복잡하고 언덕이 많아 투석기의 긴 사거리를 이용할 수 있는 포인트가 매우 많았다.

심지어 이곳에서는 휴먼이 드워프를 상대로도 유리하다.

대포는 언덕 너머로 쏠 수는 없지만, 투석기는 바위를 포물선으로 쏘기 때문에 공격이 가능하기 때문.

오크로서는 기마군단을 몰고 다니다가 예상치 못하게 바위 세례를 얻어맞는다.

"좋은 경험을 했네. 패배는 아프지만 영원한 패배가 아님을 알기에 참고 견딜 생각이네."

테무친은 이신에게 인사를 건넸다.

이신도 고개를 끄덕였다.

"다시 전장에서 뵐 날을 기다리겠습니다."

"개인적으로는 그대가 정상에 등극하는 모습을 어서 보고 싶군."

"그렇습니까?"

"나도 오랫동안 고착되었던 지금의 판도가 지겨웠거든. 자네가 1위에 올라서면 마계가 변할 거야. 이미 변화의 징조는 여기저기서 보이고 있지만."

테무친은 계속 말했다.

"항우를 알고 있나?"

"물론입니다."

"얼마 전부터 악마군주 아미와 계약자 항우가 급상승하고 있다는 소식을 들었네."

항우는 자타공인 최고의 용맹이 강점이었다.

게다가 그의 곁에는 지옥에서 형벌을 받다가 사도로 발탁된 이사가 참모로 붙어 있었다.

항우가 하기에 따라 얼마든지 서열을 올릴 수 있는 기량이 갖춰져 있었다.

"그는 자네와 여러 차례 부딪쳐 보았지."

"예."

서열전에서 이신에게 쓰러진 많은 계약자 중 하나였고, 72악마군주의 축제 때도 알렉산드로스의 휘하에서 이신에게 대적했었다.

"그때 자네를 보고 자극을 받았는지 연구를 거듭하여 끝내 새로운 방식을 발견한 모양일세."

"새로운 방식이요?"

"어떤 방식인지는 항우의 휘하에서 싸워보았던 오크창기병에게서 들었네. 자기의 몸이 멋대로 조종되었다더군."

"그건 계약자의 지휘를 받는 병사들에게 다 있는 현상 아닙니까?"

"하지만 말 타는 법과 창술까지 조종받지는 않지."

"아……!"

이신은 비로소 테무친의 말뜻을 알아차렸다.

항우는 자기 휘하의 오크창기병을 생각으로 조종한 것이다. 마치 빙의를 한 것처럼 말이다.

군대를 뜻대로 조종하는 계약자의 권능을 한 단계 더 발전시킨 수법!

굳이 사도에 스스로 빙의하지 않아도 오크창기병을 잘 싸우게 만들 수 있으니, 이게 얼마나 큰 장점인지는 직접 싸워본 이신이 잘 알았다.

질 드 레, 이존효, 서영 셋이서 달려들었는데도 항우 하나를 못 이겼었다.

“정말 대단한 일이겠군요.”

“거기다가 이제는 옛날과 달리 상당히 현명하고 신중해진 모양일세. 아마 상당히 높은 곳까지 올라오지 않을까 싶네.”

아마 참모인 이사의 말에 보다 귀를 기울이게 된 모양이었다. 지금껏 최상위권에 득세하던 전략가형 계약자가 아닌, 항우 같은 무투파 계약자가 강세를 띠는 날이 올지도 모른다는 이야기였다.

“그건 정말로…….”

이신은 상상해 보았다.

오크창기병을 아무나 조종하여 자신의 분신처럼 싸우게 할 수 있으며, 이사의 진언에 보다 귀를 기울이는 신중한 항우를.

정말 살 떨리는 일이었다. 어쩌면 그건 이신의 컨트롤보다 한 단계 더 진화된 형태인지도 몰랐다.

그래서 이신은,

“…정말 재미있겠군요.”

몹시 흥미진진한 눈빛이 되었다.

프로 게이머로서도 경험해 보지 못한 새로운 타입의 상대.

이신은 어서 자신의 스타일이 완성된 항우와 겨뤄보고 싶었다.

테무친은 그런 이신을 보며 피식 웃었다.

"역시 그런 반응을 할 줄 알았네. 무서운 상대를 앞두고도 두려워하는 기색이 없군."

"재미있으니까요."

"재미라……."

테무친은 이내 웃으며 고개를 끄덕였다.

"자네 말이 옳네. 나도 이제 더 재미있어지려고 하네."

그렇게 테무친은 악마군주 발라파르와 함께 떠났다.

"무슨 이야기를 그렇게 재미있게 하셨나요?"

어느새 악마군주 그레모리가 다가와 말을 건넸다. 상냥한 목소리에는 숨길 수 없는 승리의 기쁨과 고마움이 담겨 있었다.

뭐라고 이야기하면 좋을까?

이신은 잠시 생각한 끝에 입을 열었다.

"저로 인해 계약자들이 더 강해지고 있다고 합니다."

"어머, 그건……."

우려스러워하는 그레모리와 달리 이신은 밝게 말했다.

"예, 흥미진진한 일이죠."

악마가 마력을 탐하듯 승부욕에 미친 이신이었다.

*　　　*　　　*

한신은 왜 알렉산드로스가 자신에게 모의전을 도와달라고 부탁했는지 알 수 없었다. 분명 이신과 나폴레옹 두 숙적을 꺾기 위한 훈련일 텐데, 왜 주 종족이 엘프인 자신이란 말인가?

하지만 모의전을 펼쳐보니 이유를 알게 되었다.

'셋!'

알렉산드로스가 버럭 소리를 질렀다.

그 순간,

"키에엑!"

"키엑!"

마룡들이 일제히 화염을 뿜었다.

화르르르!!

"으악!"

"윽!"

"악!"

엘프 슈터 셋이 불길에 휩싸여 즉사했다.

마룡들은 무리 지어 비행하며 정확히 알렉산드로스가 타깃으로 지정한 셋을 집중 공격한 것이다.

이는 이신의 그리핀 편대를 보고서 영감을 받아 수련한 알렉산드로스의 마룡 편대 운용술이었다.

한 번에 둘, 혹은 셋을 단번에 죽일 수 있도록 화력을 집중

하는 수법.

그것을 수련하기 위해 한신을 초청했다.

엘프 슈터는 석궁병보다 더 빠르다.

하지만 상대가 이신의 석궁병 부대라고 생각한다면, 한신의 엘프 슈터 부대쯤은 되어야 연습이 된다고 생각했던 것.

알렉산드로스의 마룡 편대 운용에 한신도 최선을 다해 맞섰지만 계속 밀려나는 것은 어쩔 수가 없었다.

물론 연습을 위해 상대가 원하는 대로 싸워준 탓도 있으나, 알렉산드로스의 마룡 편대 운용술이 강력한 까닭이 컸다.

'정말 갈고닦았구나.'

한신은 알렉산드로스와 모의전을 치러보면서 느꼈다.

이참에 알렉산드로스가 진정으로 최고의 자리를 탈환하려 한다는 것을 말이다.

'과연 이신이 정상에 도달할 수 있을까?'

『마왕의 게임』 23권에 계속…